LYDIA,

OU

MÉMOIRES

DE

*MILORD D***.*

SECONDE PARTIE.

LYDIA,

OU

MÉMOIRES DE MILORD D***.

Imités de l'Anglois,

PAR M. DE LA PLACE.

SECONDE PARTIE.

A LONDRES,

Et se trouve A BRUXELLES,

Chez J. L. DE BOUBERS, Imprimeur-Libraire, Marché aux Herbes.

M. DCC. LXXII.

LYDIA,

OU

MÉMOIRES

DE MILORD D***.

SECONDE PARTIE.

CHAPITRE PREMIER.

*Arrivée de Milord D***, à Londres. Il trouve un ami dans le Lord* Mervill.

Ce fut à-peu-près vers le milieu de l'Automne, que je fis mon entrée dans la célebre Capitale d'Angleterre : c'est-à-dire, dans la saison où tous ceux qui en sont sortis sans goût, y reviennent de même, uniquement pour se conformer à la mode, qui soumet les gens du bel-air à s'aller périodiquement ennuyer tous les ans à la campagne, soit faute d'avoir mieux à faire, soit pour épier les manœuvres des factions * qu'on peut avoir à redouter.

Mes premiers soins, en arrivant, furent entiérement consacrés à ma *Lydia*. Mais toutes mes recherches n'aboutirent qu'à me procurer de nouveaux chagrins, par l'impossibilité reconnue de pouvoir découvrir ni ce qu'elle étoit devenue, ni ce qu'elle étoit en effet.

Les accès de mélancolie, que l'inutilité de mes perquisitions re-

---

* Chacun prend parti, en Angleterre, dans l'élection des Membres du Parlement. Et c'est à la campagne où l'on est à portée d'éclairer de plus près les différentes factions.

nouvella, m'inſpirerent enfin l'idée d'y chercher quelque ſoulagement, en me livrant aux diſſipations dont une ville comme Londres eſt toujours ſuſceptible, ſur-tout pour un jeune homme de mon rang & de ma fortune. Le remede me parut doux, & je l'adoptai ſans réſerve.

Lydia n'en regnoit pas moins au fond de mon cœur. Mais la ſurface de mon imagination, ſans relâche occupée de mille objets auſſi brillans qu'agréables, prenoit aiſément l'ombre pour le corps, tandis que le feu de la jeuneſſe donnoit au plaiſir qui m'entrainoit pour le moment, l'air & preſque le jeu d'une paſſion véritable.

A mon arrivée à Londres, un grand conſeil s'étoit tenu entre mes quatre tuteurs, pour ſavoir s'il étoit convenable ou non, que je commençaſſe par voyager.

Le Comte de*** étoit d'avis, que je ne perdiſſe pas un inſtant pour me procurer cet avantage, qu'il regardoit comme la bâſe du mérite d'un jeune homme de mon rang.

M. Plumby fut de l'avis du Comte ; en ajoutant, d'un ton ſentencieux, qu'il falloit voyager, ou ſe borner à ſa fortune acquiſe, ainſi qu'aux talens limités de ſon pays. Il n'avoit pas tout-à-fait tort ; car, quoiqu'il n'eût jamais été qu'à la côte de Barbarie, il étoit parvenu, (en qualité de ſimple commis d'un Marchand de *Tripoly*) au point d'y jetter les fondemens de la fortune dont il jouiſſoit.

Sir John Kingward, avec plus d'apparence de raiſon, objecta cependant, que pour voyager avec fruit, il falloit tout au moins être en état de réfléchir ſur le gouvernement, les mœurs, & les différens uſages des nations & des pays que l'on veut parcourir. Mon âge, à ſon avis, n'étoit point encore aſſez mûr; je ne pouvois avoir acquis tout le jugement néceſſaire pour des obſervations d'une telle importance. Il s'appuyoit enfin, ſur l'exemple de nos jeunes & brillans voyageurs, dont les acquiſitions ſuperficielles ne lui donnoient qu'une très-mince idée de l'utilité de ces ſortes de courſes, uniquement conſacrées par la mode; & qui, au fonds, ne procuroient à la plupart d'entr'eux, que le plat ridicule d'unir à leur ſottiſe nationale, beaucoup d'impertinences étrangeres.

Sir Paul Plyant, enfin, fut de la même opinion; non pas peut-être qu'il pensât qu'elle fût la meilleure, mais elle avoit été propoſée la derniere; & c'eſt, aux yeux de bien de gens, un titre pour fixer la leur.

Sur ce conflit de ſentimens, ce fut à ma tante à parler; & *Lady Bellinger* ne balança pas un inſtant à prononcer l'arrêt, qui me retenoit auprès d'elle.

A mon égard, j'étois ſi peu décidé ſur le choix, que je me conformai ſans peine à celui de ma tante; j'en pris même occaſion de lui marquer, à peu de frais, ma complaiſance & mon reſpect pour ſes deſirs.

Ainſi, fixé pour quelque temps à Londres, je m'affermis dans la réſolution d'en bien employer les momens.

Heureuſement pourtant, que parmi toutes mes folies, celle du *Jeu* n'avoit aucun attrait pour moi. Quoique je fuſſe encore mineur, on ſut bientôt que les bontés de ma tante, & l'indulgence de mes tuteurs, me laissoient la disposition de presque tous mes revenus, & je ne tardai pas à me voir accueilli & obsédé par les plus célebres escrocs de la Capitale.

Depuis le fameux Lord *Wiskem*, jusqu'au *beau* M. *Hedge*, (qui dut sa premiere fortune au *Jacobus* * qu'un étranger lui donna par méprise, pour l'avoir éclairé en sortant de la Comédie) tous s'empressoient à me faire la cour. J'étois pour eux un pigeonneau d'autant plus attrayant, que sortant à peine du colombier, tout en moi sembloit annoncer une proye aussi aisée que profitable.

Mais si cette espece de gens n'est pas plus à craindre en effet

---

* Une Guinée, frappée au coin du Roi *Jacques*.

qu'elle me le parut alors ; je serois tenté de penser, que le cri général qui s'éleve par-tout contr'eux, leur fait peut-être trop d'honneur, & que tous ceux qui se prennent dans leurs filets, ont bien mérité d'y tomber : car, quoique neuf encore autant qu'un campagnard pût l'être, ils me tâterent vainement. Leur magnificence affectée, & ce brillant extérieur si nécessaire à leur commerce, ne m'en imposerent jamais. Leur complaisance même, leur sourire apprêté, leurs déférences éternelles & tous leurs faux dehors de politesse, n'étoient pour moi qu'un masque transparent, à travers lequel je lisois toute leur infamie. Des misérables qui n'agissoient que par des principes si bas, s'efforçoient vainement de copier cette franchise aussi aisée que noble, & cet air naturel qui distingue

tingue une ame bien née. Je sentois par instinct, leurs insidieuses approches, & ma vanité souffroit tant, de me voir regardé comme assez sot pour tomber dans de tels traquenards, que je gardois peu de mesures avec ceux qui me les tendoient.

Mon inclination m'entraina donc entiérement du côté des femmes. Ce que j'avois déja connu de la douceur de leur commerce, ainsi que des plaisirs qu'il m'avoit procuré, leur donna souverainement la préférence sur tout autre genre d'attachement, & je n'avois plus d'autre embarras, que celui du choix.

Aussi sûr de les aimer toutes, que de n'en aimer véritablement aucune, puisque *Lydia* avoit épuisé en moi tous les sentimens de cette passion ; je me bornai à satisfaire uniquement aux desirs attachés à mon âge. Nous arrivions à peine à Londres, & j'avois déja parcouru tout l'ennuyeux cercle des visites, des affaires, & des devoirs de bienséance, quand je me vis à portée de me livrer à mon penchant. Et ce n'étoit pas sans efforts, que je m'étois contraint pendant ce très-court intervalle !

Pour mettre à exécution le plan de mes plaisirs, je sentis, assez sagement, que j'avois besoin d'un ami, ou tout au moins d'un confident plus éclairé que moi & qui connût mieux le terrein. La difficulté n'étoit pas de le trouver ; j'en connoissois plus d'un, qui n'auroit pas mieux demandé. Mais il falloit faire un bon choix. Le hazard seul le décida en faveur du Lord *Mervill*, garçon aimable, de mon âge, & dont le pere étoit le meilleur ami de son fils ; qui tous les deux ne se gênoient en rien, & qui pensant tous les deux noblement, servoient également d'exemple aux peres & aux enfans dont ils étoient connus.

A cet âge, où la plupart des jeunes gens ne connoissent du monde, au plus, que les dehors, *Mervill* en connoissoit à fonds tout ce qu'il étoit possible d'en connoitre. Nul n'étoit plus au fait de ses différens genres d'amusement & n'avoit plus approfondi ses ridicules. Mais, doué par la nature de cette bonté d'ame, presque toujours inséparable du bon sens; de son goût pour les uns, naissoit son indulgence pour les autres. Sa complaisance naturelle étoit dégénérée (peut-être par réflexion autant que par sentiment) en une espece d'apathie aimable, qui l'empêchoit, vû la peine & l'inutilité de la chose, de contredire les idées & moins encore les goûts de ses plus familieres *connoissances.* Aussi, en avoit-il autant qu'il avoit peu d'amis; quoique personne, en vérité, ne méritât mieux d'en avoir. Car, s'il cédoit presque toujours à l'opinion d'autrui, ce n'étoit jamais qu'avec une sorte de dignité qui le rendoit encore plus cher à quiconque le connoissoit. S'il se risquoit à donner un conseil, c'étoit avec tant de douceur, tant de ménagemens pour l'amour-propre, & des égards si délicats, que le conseil en passant par sa bouche y devenoit un sentiment, & perdoit cette espece d'amertume, que nos meilleurs amis ne nous épargnent pas toujours, & que notre amour-propre a tant de peine à digérer.

Trop judicieux pour s'opposer à des penchans, dont lui-même

étoit susceptible, il ne sentoit pas moins tous les dangers que l'on affronte, en s'y livrant aveuglément; & les idées qu'il avoit de l'amitié, étoient trop élevées, pour refuser à ceux qu'il daignoit honorer de ce sentiment, tous les secours de son expérience. Ils étoient sûrs de n'être point abandonnés, d'être toujours guidés par lui; mais jamais au-delà des bornes que prescrivent la décence ou l'honneur. Dès qu'il croyoit trouver en eux trop d'indocilité sur quelques points essentiels soit à leur gloire, soit à leur fortune, & même en certains cas, à leur santé; il ne rompoit pas brusquement, mais il cessoit insensiblement de les voir. Sa morale étoit relâchée, mais son cœur étoit excellent; son amitié enfin, pour la définir d'un seul mot, eût été celle d'un *Mentor*, si ce *Mentor* n'eût pas été trop doux.

Je commençai donc par être associé à ses plaisirs ; & j'eus, avec le temps, l'honneur d'être un de ses amis.

Trop éclairé, pour ne pas entrevoir mes dispositions à la fatuité, & pour ne pas sentir qu'il les combattroit vainement, en heurtant de front ma foiblesse; il parut d'abord s'y prêter, & m'en fit d'autant plus aisément adopter tous les avis & les instructions qu'il crut propres à me sauver un mauvais début dans un monde, où les premiers pas sont toujours décisifs.

Ce fut sous sa direction, que pour parer aux inconvéniens de ma demeure chez ma tante, & pour me garantir des rendez-vous un peu trop hazardeux, je fis louer dans un Fauxbourg une maison, petite, mais commode, assez joliment ornée, & dont je confiai le soin à un domeſtique au fait de cet emploi.

C'eſt dans cette aimable réduit, d'ailleurs abondamment pourvu de tout ce que le luxe & l'aiſance ont inventé de plus voluptueux, que nous allions ſouvent, avec des perſonnes choiſies, goûter ces plaiſirs vifs, que nous imaginions chercher en vain ſous les lambris dorés de ces pompeux appartemens, trop ſpacieux, en plus d'un ſens, pour que ces plaiſirs mêmes ne fuſſent pas ſouvent dans le cas de s'y trouver égarés. La politeſſe, ainſi que la décence & le goût, préſidoient toujours à nos fêtes, & leur donnoient ce je ne ſais-quoi de piquant, que n'a pas la volupté même, auſſitôt que l'une ou l'autre l'abandonne.

A peine étions-nous établis, lorſqu'il me ſurvint une aventure, que je puis appeller ma premiere campagne de ville.

CHAPITRE II.

MISS WILMORE.

Troisieme aventure.

J'ÉTOIS à la Comédie, avec *Mervill*, lorsque la porte de notre loge, ouverte avec fracas, offrit à mes yeux une femme, qui loin d'être menée par un cavalier, paroissoit trainer à sa suite un jeune homme bien mis, dont la figure pâle, & décharnée, me fit presque frémir.... Ah! c'est vous, *Mervill*, s'écria-t-elle (en quittant brusquement la main de son cavalier, pour se placer auprès de mon ami) que devenez-vous donc?... Avez-vous abjuré l'*Opéra?*... Dans quel quartier êtes vous-enterré?... Donnez-moi votre boite.... A propos! comment fites-vous l'autre ſoir chez *Milady Drumly?* Perdites-vous, gagnâtes-vous beaucoup?...

Tout ceci, parti d'une haleine, & d'une volubilité dont je n'avois pas vu d'exemple, me déſigna d'abord quelqu'un qui voyoit *bonne compagnie.*

Mon compagnon, qui jouiſſoit de mon étonnement, liſoit dans mes regards combien je deſirois ſavoir quelle étoit cette *originale*; & sûr que ſon nom ſeul me l'apprendroit; il lui dit, en s'inclinant d'un air auſſi froid que diſtrait: c'eſt, je crois, *Miſs Wilmore*?... en vérité, je ſuis charmé de vous revoir.... Et j'admire votre ſanté!

Ceci, comme on le voit, répondoit au mieux aux queſtions de la Dame; qui, alors occupée à parcourir des yeux tout le ſpectacle, avoit totalement oublié mon ami.

Mais voyant qu'il me parloit bas, & le tirant tout-à-coup par la manche, à qui parlez-vous là ? dit-elle, d'un ton aſſez haut pour être entendu des galleries. Sur la réponſe de *Mervill*, elle fixa ſur moi des yeux que ni ceux de l'aſſemblée attentive à cette ſcene, ni les miens même au moment où je m'en apperçus, ne purent un inſtant déconcerter. Alors, *Lady Wilmore*, (car c'étoit elle) avec un air de liberté ſupérieur à tout ce qu'on pouvoit penſer de ſes motifs, ſe leve bruſquement, force *Mervill* à lui céder ſa place, & s'établit entre nous deux.

Unique enfant d'un pere trop aveugle, il l'avoit laiſſée, en mourant, maîtreſſe d'un gros bien & en état de prétendre aux plus grands partis du Royaume. Mais, livrée à l'impétuosité de ses passions, ennemie née de toute espece de contrainte & de formalités, elle avoit détesté sur-tout celles du mariage; & *Miss Wilmore*, pour en connoître les mysteres, avoit su se passer de ses cérémonies. Sa curiosité bien satisfaite sur ce point, & affermie dans sa résolution par la plus brillante fortune, elle se promit fortement, de n'avoir rien à démêler avec un engagement d'autant plus redoutable à ses yeux, qu'il pouvoit lui donner un maître. Ajoutons à ceci, que le mépris réfléchi qu'elle avoit pour son propre sexe, lui en avoit fait secouer tout ce qu'elle appelloit les préjugés; qu'elle s'étoit déclarée hautement, pour la liberté sans limites; & que bravant les usages reçus, qu'elle imputoit à la tyrannie des hommes, elle n'avoit pour eux d'égards qu'autant que l'intérêt de ses plaisirs vouloit qu'elle en parût avoir. Son indifférence, au surplus, pour l'opinion du public, étoit sincere, & soutenue avec une fermeté, qui dans toute autre cause, eut fait honneur à *Miss Wilmore*.

Que bien des femmes, dans le cœur, soient cyniques sur la morale; on peut, je crois, le présumer.

Que ce vice soit général, dans un sexe évidemment formé pour le bonheur de la société; c'est ce qu'en vain on prétendroit fonder sur la nature, ou sur l'expérience.

Mais qu'une femme, en affichant ce caractere, ait ou l'adresse ou le talent de le soutenir avec grace; on tenteroit, je crois, plus difficilement encore de le prouver.... *Miss Wilmore*, en tout cas, n'eût-elle pas servi d'exception à cette observation générale ?

Car le premier usage qu'elle fit de sa liberté, fut de se livrer toute entiere à son goût pour la galanterie; sans exclure, pourtant, aucun des autres genres de plaisirs capables de flatter son inclination, ou son caprice. Affranchie, & sans aucuns, ménagemens du joug des bienséances, on la vit tour-à-tour livrée au jeu, à la table, à la chasse & à tous les plaisirs bruyants, avec l'effronterie & l'air d'un jeune académiste.

Il est vrai, que dans ces sortes d'équipées, son choix du moins tomboit assez sur ceux dont la complaisance & les mœurs lui étoient assez connues pour n'avoir à redouter de leurs tendres empressemens que ce qu'elle eût bien voulu leur permettre. Car, à travers tout ce que ſa conduite offroit aux yeux d'irrégulier & de choquant, elle gardoit, au fonds, quelqu'ombre de décence. Il n'en étoit cependant pas moins naturel à celles de ſon ſexe, à qui plus d'éducation avoit preſcrit d'autres idées, d'être indignées des procédés de *Miſs Wilmore*, & de fulminer par-tout contre elle une eſpece d'excommunication civile. Mais, loin d'y paroître ſenſible, elle croyoit devoir s'en applaudir ; & d'autant plus ſincérement que les plus décriées, & celles dont l'hypocriſie avoit peine à couvrir l'opprobre, étoient les plus déchainées contre elle. Sur quoi la tranquille *Lady* diſoit quelquefois aſſez plaiſamment : *que ſes défauts étoient nombreux ; mais qu'avec un de plus encore, on la haïroit beaucoup moins.*

Les plus hardies enfin l'évitoient

par politique, & les timides la fuyoient de bonne foi. Sa personne avoit cependant un peu souffert de son trop d'indulgence pour ses passions. Ses excès réitérés l'avoient presqu'entiérement dépouillée de ces graces modestes & de cette aimable délicatesse, qui distingue & embellit toujours le sexe. Cet air pourtant ne lui messéyoit pas, & sembloit à mes yeux bien moins choquant, que l'air efféminé dans les hommes. Sa taille étoit aussi noble qu'aisée, ses yeux brilloient d'un feu très-vif; & sans qu'on sût précisément pourquoi, (sur-tout lorsque le feu des passions laissoit sa tête libre) on ne pouvoit long-temps la fréquenter, sans la trouver aimable.

Mon ami la connoissoit bien, & l'auroit pu connoitre mieux encore. Mais la façon dont il l'avoit entreprise, l'air conquérant qu'il avoit affiché dès son début, avoient trop allarmé la vanité de *Miss Wilmore*, peu faite à se voir ainsi prise par insulte, & réduire à la défensive : au lieu qu'en s'y prenant tout autrement, *Mervill* eût pû la voir jouer auprès de lui le rôle d'agresseur.

Comme il s'étoit retiré dans l'instant, & que ses vues sur elle avoient été des plus légeres ; quelques jours d'absence avoient fait oublier, peut-être même pardonner son attentat : & *Miss Wilmore*, en le retrouvant à la Comédie, l'avoit traité comme un ami de tous les temps.

Soit qu'un nouveau visage eût toujours quelques droits sur elle, ou qu'elle n'eût pas contre moi les motifs de prévention qu'elle avoit eus contre *Mervill* ; tous ses égards me furent prodigués. Nous causâmes bientôt, comme d'anciennes connoiſſances : car, il n'eût pas été décent d'écouter les Acteurs, & les faux airs m'étoient déja trop familiers, pour ne pas ſeconder la Dame, en me livrant à ſes avances, au riſque de donner une ſcene à l'aſſemblée.

Mervill fit la moue, ſe mordit les lévres, & me fixa dix fois en vain. Je regardois *Lady Wilmore*, avec étonnement; ſon caractere & ſon audace me plaiſoient : c'étoit, dans ſon eſpece, une héroïne, & je trouvois que ſa figure même avoit droit de prétendre à plaire, ou tout au moins à amuſer. Quant à ſon triſte compagnon, il n'offroit à mes yeux, qu'un de ces *Sigisbés* bannaux, que l'on quitte & reprend ſans conſéquence; & qui, probablement, ne prétendoit à rien de plus qu'au ſuprême honneur d'être vû en public avec la Dame, en qualité de son très-humble & très-innocent serviteur.

Dès que la piece fut finie, *Lady Wilmore*, en me prenant la main, me pria de l'accompagner jusqu'à son carrosse ; & je dis à *Mervill*, assez haut, pour qu'elle-même l'entendît, que j'allois venir le reprendre. Ainsi la Dame eut, tout au plus, le temps de m'inviter à venir passer la soirée du lendemain chez elle ; à quoi je consentis, & avec un air d'empressement, dont elle dût être flattée.

Ce préliminaire arrêté, je courus rejoindre *Mervill* qui me félicita, d'un air sournois, sur l'éclatante dignité d'une conquête qui, disoit-il, alloit donner les plus hautes idées de ma délicatesse & de mon goût. Mais, il me railla sans succès. Cette folie, & sans que je susse pourquoi, s'étoit emparée de ma tête. À l'égard de mon cœur, *Lady Wilmore* me le laissoit dans un état on ne peut plus paisible.

A l'heure convenue, je me rendis chez elle, & ne fus point trompé dans mon attente. Elle étoit seule, & dans un négligé galant. Quoique sa vue ne m'inspirât pas plus d'amour, que de respect, je sentis cependant, qu'elle méritoit mes desirs.

Après les premiers complimens, je pris poste dans un fauteuil, où j'étalai nonchalamment & ma figure & tout ce qui la décoroit.

Miss Wilmore, quoique réellement fort au-dessus de la foiblesse d'être flattée par mes grands airs, avoit cependant des vues assez solides pour ne pas me les pardonner, en faveur du goût qu'elle avoit pris pour ma personne. On apporta la table à thé, cérémonie indispensable chez les Dames dans les visites de l'après-midi ; & cet usage est très-utile : il en est comme du vin parmi les hommes, pour ouvrir & engager la conversation.

J'en profitai bientôt, & pour me conformer à ce ton de liberté qu'on lui attribuoit, je débutai par parler assez clairement pour la mettre à portée de s'expliquer. Mais, en partant de la bénignité, qui lui faisoit quelquefois épargner à ceux qui lui plaisoient l'embarras même des avances ; il me parut fort étonnant non-seulement de la trouver modeste, mais de l'entendre soupirer, en me dérobant quelques larmes ! . . . .

Oh ! pour le coup, ç'en étoit trop ; & j'en fus si fort indigné, que sans lui dire un mot de plus, je pris gravement congé d'elle, avec la révérence la plus humble, & me sauvai, en éclatant de rire.

CHAPITRE III.

*Suite de l'aventure de Milord D***, avec Miss Wilmore.*

A MON retour chez moi, je réfléchis sur cet événement, & m'applaudis, puisqu'il me sembloit certain qu'on avoit voulu me jouer, de m'en être si bien tiré. Quelle honte, en effet, & quel ridicule pour moi, si *Miss Wilmore*, en abusant de ma crédulité, m'eût fait soupirer à mon tour, uniquement pour m'immoler sans doute aux railleries de ses amans, & de la ville entiere !

A quel propos pourtant, me dis-je, (en y pensant plus de sang froid) se fut-elle avisée de me choisir par préférence ? .... Moi, ſur-tout, qui jamais ne l'avois offenſée, & qu'elle ne connoiſſoit pas ? Quel eût été ſon but, en m'irritant ſi gratuitement contre elle ? ... Avoit-elle pû préſumer que je ne la connuſſe point ? Et *Mervill*, en tout cas, n'étoit-il pas cenſé m'avoir inſtruit ? ... D'ailleurs, pouvois-je ſuppoſer que mon ami, que ce *Mervill* enfin que j'eſtimois autant que je l'aimois, eût voulu ſe prêter à cette indigne trahiſon, pour plaire à *Miſs Wilmore* ?

Que penſer donc en pareil cas ?... Mon amour-propre me l'apprit. *Lady Wilmore*, après avoir long-temps cherché l'amour, pouvoit enfin avoir trouvé l'objet qui ſeul eût droit de la rendre ſenſible ; & cet honneur avoit pû m'être réſervé. Ce n'étoit pas pour la premiere fois, qu'une coquette avoit été ſubitement fixée. *La Fontaine* nous l'a prouvé *. Et malgré toute sa conduite & ses déportemens passés, *Miss Wilmore* étoit femme; elle avoit pû facilement imaginer, que le sentiment du mépris qu'inspiroit à son caractere, avoit pû fonder ce que mes procédés pour elle avoient eu de trop offensant. Elle en avoit gémi, sans pourtant oser me le dire; elle avoit craint, en me disant la vérité, d'offrir à ma critique un personnage hors de la vraisemblance... & javois eu la cruauté de l'insulter en la quittant!... Je l'avouerai, cette idée me toucha. *Miss Wilmore* devenue tout-à-coup, & pour moi seul, réservée & timide! Un tel prodige avoit bien droit de me flatter. Et quels que fussent ses motifs, c'étoit du moins me distinguer de ses autres amans.

* Dans son Conte de la *Courtisanne amoureuse*.

Il n'en fallut pas plus, pour me déterminer à la revoir. Moins elle s'attendoit à ma visite, & plus elle parut surprise, en me voyant, tout-à-coup, à ses pieds, lui demander assez légérement pardon de mon impertinence de la veille. Elle en fut d'autant plus troublée, que pour sonder ses dispositions, je ne lui cachois point les miennes, & poussois mes entreprises au point d'être sûr de lui plaire, au cas qu'elle eût pour moi quelque penchant, ou de déconcerter son plan, si son seul but étoit de me jouer.

Miss Wilmore, partagée entre la crainte de me déplaire, ou de me mettre dans le cas de la mépriser, se vit quelque temps combattue; puis, s'arrachant tout-à-coup de mes bras :

Je sens, *Milord*, s'écria-t-elle, & je mérite trop la façon dont vous me

2.de Part. Page 33.

je ne cédai jamais, qu'en imposant mes propres Loix... je céde aux vôtres!

me traitez, pour que j'ose m'en plaindre ; & qui plus est, pour vous cacher, que ces desirs que vous me laissez voir, avoient été précédés par les miens. Je dois également vous avouer, que ma confusion & mes regrets, naissent uniquement de la douleur de me savoir si peu digne de votre estime. Ce sentiment (je le sens trop !) doit vous paroitre un peu suspect. Mais, quoique mes discours & ma conduite même ayent jusqu'ici pû faire pour le décrier ; je méprise encore trop les faux dehors de la bienséance, pour rien feindre avec vous de ce que mon cœur ne sentiroit pas..... Puissiez-vous, après cet aveu, me rendre assez justice pour penser, que si jamais je ne cédai qu'en imposant mes propres loix, je céde maintenant à mon vainqueur, & me soumets absolument aux vôtres.... Et que si mon caractere, ainsi que mes égaremens, vous sont connus; ma facilité même, en cet instant, où tout mon sort dépend de vous, doit avoir à vos yeux quelque mérite. Vous seul enfin avez pû changer des motifs ci-devant dictés par les sens, aujourd'hui prescrits par un cœur qui ne connoît plus d'autre espoir que celui d'intéresser pour lui votre pitié.

Miss Wilmore, emportée par sa franchise, eût probablement continué long-temps encore sur ce ton, si je n'avois eu que de la vanité. Mais j'étois vain, sans être barbare, & trop touché de sa tendre confusion, pour ne pas y mettre fin, en lui fermant la bouche de façon à la rassurer sur ses craintes.

Ce fut alors que *Lady Wilmore*, aussi vive dans ses desirs que timide à les exprimer, sembla craindre & souhaiter également de me prouver la vérité d'un sentiment qu'elle éprouvoit pour la premiere fois, sans pouvoir ni le contenir, ni le produire, après l'avoir prodigué, &, pour ainsi dire, usé toute sa vie, sans le connoître.

Le changement qu'un plaisir si nouveau pour elle, avoit mis tout-à-coup dans ses idées, & jusques dans son caractere, donnoit à ses caresses une expression que la sensualité la plus rafinée n'imita jamais. Je la vis répondre aux miennes, avec une tendresse si naïve & des transports si naturels, que je lui retrouvai toutes les graces de son sexe; au point que dans les bras d'une femme perdue, j'imaginois jouir de la tendre timidité d'une amante à sa premiere passion.

Le souvenir amer de ses égaremens passés, le vuide affreux qui les accompagnoit toujours, les remords qui lui en restoient, le regret douloureux de n'avoir pas connu plutôt les plaisirs qu'elle éprouvoit, celui d'en avoir enfin rencontré l'objet, le bonheur de le posséder, la crainte de le perdre, la douleur de le mériter si peu; cette confusion d'idées si nouvelles pour *Milady*, & qui peignoit en mots entrecoupés le désordre d'une ame tantôt élancée hors d'elle-même, tantôt accablée de ses propres efforts, présentoit cependant distinctement chacun de ces tableaux, avec cet ordre & cette touchante énergie, que la chaleur & la vérité de l'ame peuvent seuls donner & saisir.

Les cœurs s'entendent sûrement; car ces images, impétueusement tracées par le feu de la passion, passoient même quelquefois sans le secours de la parole, de celui de *Milady* dans le mien, avec la violence & la rapidité des mouvemens qui les faisoient naitre. J'avois triomphé sans obstacles & joui sans estime ; & cependant, je me trouvai vraiment touché ! Même encore aujourd'hui, je doute que la vanité, qui faisoit le fond de mon caractere, eut part dans ce premier moment à mon bonheur. Et lorsqu'elle reprit ses droits, après quelques instans, pour rehausser à mes yeux l'éclat d'une victoire remportée sur tant de rivaux, qui n'avoient rien fait que jouir ; elle n'ajouta presque rien à cette satisfaction de sentiment si supérieure à celle de l'amour-propre le plus complettement décidé.

Cependant *Lady Wilmore*, ne la goûtoit qu'avec timidité. L'amour, de toutes les passions la plus active, & si l'on peut parler ainsi, la plus étendue, fait plus qu'aucune autre rassembler en un moment les contraires, rapprocher les temps, donner à l'ame des facultés assez multipliées pour espérer & craindre, s'affliger, jouir, & desirer tout à la fois; & c'est ce qu'éprouvoit *Lady Wilmore*, à travers le torrent de ses transports. Trop sensible, pour ne pas redouter mon inconstance, trop éclairée par son amour même, pour n'en pas appercevoir les motifs dans ses déportemens passés, trop franche pour vouloir me les cacher; elle sembloit, en aggravant ses torts, justifier par avance les miens. C'étoit, pourtant sans le vouloir, plaider sa propre cause, que de la trahir ainsi; c'étoit, en l'éclairant avec tant d'ingénuité, séduire & désarmer son juge.... Tant le sentiment vrai sait connoître ses intérêts, & si bien les faire entendre !

Une femme moins franche, moins sensible, ou moins éclairée par cet instinct sûr qui donne ou prouve la droiture de l'esprit & du cœur, en croyant devoir taire ou excuser ses erreurs, n'auroit fait que détruire ou refroidir l'impression qu'elle venoit d'exciter en moi ; tandis qu'un aveu si noble & si touchant ne fit que l'augmenter, & m'inspirer la même sincérité. Aussi m'appliquai-je, très-franchement, à calmer ses allarmes, & même sans songer que c'étoit le moyen d'augmenter ses regrets, si ses terreurs étoient un jour vérifiées.

Après m'être enfin arraché de ses bras, je me jettai dans mon carrosse ; & j'eus le temps, en revenant chez moi, de réfléchir ſur ce qu'avoit de ſingulier mon aventure.

A parler vrai, tout ce que m'avoit permis *Lady Wilmore*, étoit un avantage que je partageois avec tant d'autres, qu'en vérité, ç'en étoit à peine un !... Mais l'idée d'être le premier qui lui eût inſpiré des ſentimens, & d'enchaîner à mon char cette audacieuſe *Lady*, que nul amant n'avoit pû juſques-là fixer ni ſubjuguer, relevoit à mes yeux extrémement cette conquête. Et d'ailleurs, mes plaiſirs avoient ſurpaſſé toutes mes eſpérances : & c'eſt ce qui arrive aſſez communément avec des beautés ordinaires ; l'imagination portée moins haut, eſt bien moins ſujette à déchoir ; & la beauté qui nous frappe le plus, tient rarement tout ce qu'elle promet. Il eſt même des femmes aſſez éclairées ſur l'intérêt de leur fortune, ou ſur celui de leurs plaiſirs, pour ſuppléer avec tant d'art à leur mérite perſonnel, qu'on leur voit ſouvent enlever, quelquefois méme conſerver des conquétes, que la vertu trop indolente, ou la trop inſipide beauté, ſe croyoient pour jamais acquiſes.

Le lendemain, je fus à peine habillé, que je courus chez *Miſs Wilmore*, que je trouvai à ſa toilette, & *Mervill* avec elle. Ce que je ne pus voir qu'avec un certain mouvement, qui tenoit un peu de la jalouſie.

L'air d'embarras & de confuſion, que ne put cacher *Miſs Wilmore*, amuſa fort *Mervill*, & l'inſtruiſit parfaitement des termes où nous en étions. Mais elle ne tarda pas à ſe remettre, & crut me faire encore un ſacrifice, en abjurant hautement ſes erreurs; en convenant, ſans détours, que je l'avois fixée pour jamais, & en priant *Mervill*, avec une politesse noble & cependant timide, qui tenoit également à l'état d'où elle sortoit & à celui où elle entroit, de respecter désormais l'engagement qu'elle contractoit avec moi.

Mon ami lui protesta, qu'il étoit enchanté de sa franchise; qu'il approuvoit & respectoit de si beaux feux; & que content, à l'avenir, du titre de son confident, il espéroit s'en rendre digne, dût-il partager cet honneur avec la ville & les fauxbourgs.

Cette plaisanterie, quoique amere, n'étoit ni trop forte pour *Miss Wilmore*, qui ne fit qu'en sourire, ni même injuste ou déplacée, vû son caractere & sa situation actuelle. Son indifférence connue, ou plutôt son mépris pour tout ce qu'on pouvoit dire ou penſer de ſa conduite, étoit ſi bien dégénéré en habitude, que *Mervill* avoit droit de penſer qu'une paſſion nouvelle ne ſeroit pour elle & pour le public qu'un ſcandale de plus, ſans rien changer au caractere de la Dame.

Il ſe trompa pourtant, & du moins juſqu'à certain point.

Il n'appartient qu'à l'amour ſeul d'égarer, & de rappeller à ſon gré la raiſon & la vertu. Cette paſſion toujours agiſſante, toujours extrême dans ſon activité, fait également corrompre les ames innocentes, & purifier les cœurs corrompus : il ne s'agit que du moment où elle s'en empare, & du point où elle les trouve. *Lady Wilmore* ne pouvoit changer qu'en bien; & l'amour le fit peut-être, parce qu'il n'avoit plus de mal à faire, & que les effets les plus violens sont pour lui les plus naturels.

Le changement de *Milady*, fut si rapide, & si sensible, qu'il ne put échapper aux observations de mon ami, non plus qu'à sa surprise. Et en effet, ce n'étoit plus cette femme emportée, qui ne goûtoit que les plaisirs bruyans, pour en faire la matiere de son triomphe. Il la voyoit, avec étonnement, tendre, timide, & réservée !

J'en reçus ses complimens, avec un air de complaisance & de fatuité, qui ne pouvoit manquer de lui donner la Comédie, & qui prouvoit, en même temps, combien j'étois peu digne de l'honneur que me faisoit *Lady Wilmore*. Mais j'ignorois encore, que les faveurs des femmes, ainsi que des Ministres & des grands, ne tombent pas toujours exactement sur le vrai mérite. L'événement ne tarda pas à le prouver à *Milady* ; & *Mervill* en fut si touché, que cessant de craindre pour moi, il crut devoir s'intéresser en sa faveur. Les nouveaux sentimens qu'elle adoptoit, lui paroissoient dignes d'un autre sort que celui dont il la voyoit menacée, & cela ne faisoit pas peu d'honneur à sa pénétration.

Miss Wilmore, animée par une passion qu'elle éprouvoit pour la premiere fois, avoit toujours les yeux ouverts. Elle sentoit amérement, & d'autant plus qu'il étoit trop tard, combien sa conduite passée nuisoit à son bonheur présent. Elle connut alors que cette réputation qu'elle avoit méprisée, que cette estime du public, qu'elle avoit sacrifiée à son déréglement, lui auroient été nécessaires pour se procurer la durée des plaisirs que connoiſſoit enfin ſon ame. Plaiſirs, dont un cœur devenu délicat, ne jouit ni bien, ni long-temps, quand l'eſtime particuliere, qui ſuit toujours la générale, ne fait point la bâſe d'un engagement de cette eſpece, & le lien des cœurs qui le forment.

CHAPITRE IV.

Fin de l'aventure avec Miſs WILMORE.

VAINEMENT chaque jour me montroit de nouveaux changemens dans ſa façon d'être & d'agir, même dans celle de penſer. La réſerve la plus ſévere, excepté pour moi ſeul, le banniſſement ſignifié à ſon cortege de flatteurs, d'amans, de complaiſans, de compagnons de ſes écarts; l'attention la plus exacte aux bienſéances de ſon ſexe, ſervoient bien à certifier, à faire éclater mon triomphe, & à flatter délicieuſement ma vanité: mais elle ne voyoit, de mon côté, d'autre retour que celui de la reconnoiſſance.... Et que ce ſentiment eſt foible! Qu'il eſt inſuffiſant, pour acquitter ce qu'on doit à l'amour!... Mais, l'amour n'étoit pas en mon pouvoir; & l'eſpece de ſentiment que *Milady* m'avoit inſpiré, étoit perpétuellement attaqué par celui de mon amour-propre, qui après avoir été ſi flatté d'abord, ſe trouvoit preſque humilié d'un engagement mépriſable aux yeux ſéveres du public.

Le monde, toujours plus conſtant dans ce qu'il condamne que dans ce qu'il applaudit, prenoit alors ſa revanche du mépris qu'avoit eu pour lui *Miſs Wilmore*; & je craignois de partager les ſentimens qu'elle inſpiroit. Il ne vouloit pas croire à ſa réforme. Il pouſſa l'injuſtice au point de ne l'attribuer qu'au deſir de s'unir à moi par un engagement plus ſérieux. On me crut même aſſez foible, pour me laiſſer conduire juſques-là. On ſe trompoit pourtant également ſur ſon compte & ſur le mien.

La ſincere *Lady* ſe connoiſſoit & m'aimoit trop, pour ne pas regarder ſa conduite paſſée comme une invincible barriere aux vœux qu'elle auroit pû former pour un pareil engagement.

Elle m'aſſura même, & ſans m'exagérer ce ſentiment, qu'euſſé-je dû l'aimer aſſez pour en avoir conçû la moindre idée; elle-même, en s'y refuſant, m'en eût peint toute la baſſeſſe. Ah! je n'en veux qu'à ton cœur, (s'écrioit-elle, en ſoupirant) & je tremble d'autant plus de ne pouvoir m'en aſſurer, que je te crois moins en état d'en diſpoſer toi-même.

Elle pouvoit cependant y prétendre, après tous les ſacrifices qu'elle m'avoit faits; mais l'amour qui l'avoit rendue aussi pénétrante que délicate, ne tarda pas à lui faire sentir que ma reconnoissance & mon goût pour le plaisir, étoient les seuls liens qui m'attachassent encore à elle. Liens peu durables, sans doute! & sur-tout lorsque les desirs pleinement satisfaits, n'ont plus d'objets qui les raniment.

Trop sûre, après m'avoir étudié, que malgré ses efforts, & peut-être les miens mêmes, il falloit se résoudre à me perdre bientôt; *Miss Wilmore* en fut pénétrée, & ne me montra cependant que cette tendre mélancolie, si capable d'intéresser, de ramener même un amant qui sait en connoître les motifs, & en sentir le prix.

Volage Lord! (me disoit-elle un jour, du ton le plus attendrissant) c'est toi, qui le premier m'apprit à connoître l'amour & ses douceurs!... Faut-il aussi que ce soit toi, qui m'apprenne bientôt à connoître ses peines?... La liberté, que toi seul m'as ravie, faisoit tout mon bonheur. Tu m'en as fais connoître un autre, en me détrompant du premier!...Si je le perds encore, & si c'est par toi que je le perds; que me donneras-tu, qui puisse encore m'attacher à la vie?...

C'étoit alors, que pénétré moi-même, & dupe avec plaisir de mon propre attendrissement, je cherchois à la rassurer, en lui jurant une constance, & même une fidélité, dont j'oubliois de bonne foi que j'étois incapable.

Mais le lendemain me rendoit tous mes torts, & *Miss Wilmore* apperçut bientôt que je les sentois moins.

J'avois insensiblement diminué

le nombre & la durée de mes visites : ce qui, dans tout commerce de ce genre, est toujours d'un sinistre augure. Ses reproches, pourtant, n'étoient que tendres, & même sur le ton de l'amitié ; de ceux enfin que se permet une femme prudente & qui peut craindre de fournir elle-même, par des reproches trop marqués, un prétexte à son amant pour hâter sa retraite.

La générosité fut toujours un moyen de ramener les cœurs hauts & sensibles ; & la façon dont elle supportoit mes torts, me forçoit d'en rougir, de desirer même souvent de n'en plus avoir.

Mais, j'eus beau faire ; l'indifférence insensiblement me gagna, jusqu'à ne pouvoir plus la déguiser.

Lady Wilmore n'étoit plus cette légere & déterminée coquette, que l'extravagance, les caprices,

& les aventures d'éclat, avoient si justement exposée à la censure du public. Son rêve étoit fini, son ivresse étoit dissipée, & la raison avoit repris ses droits : elle réfléchissoit enfin. Elle sentoit la nécessité de me rendre à moi-même ; & d'autant plus qu'elle savoit, à n'en pouvoir douter, qu'une autre femme m'occupoit alors tout entier.

Elle prit donc, & qui plus est, elle garda la résolution qu'elle avoit prise, avec assez de fermeté pour étonner toute autre femme ; & surtout, après la façon dont avoit vécu *Miss Wilmore*, avant que je l'eusse connue.

Je m'étois arrangé, pour la résoudre insensiblement à rester mon amie ; & ce projet flattoit mon cœur, en le soulageant. Mais ce n'étoit pas le sien. Après avoir fait secrettement toutes ses dispoſitions, elle frappa le coup qu'elle me préparoit depuis long-temps, à l'inſtant même où je m'y attendois le moins.

Elle envoya chercher *Mervill* & lui tint à-peu-près ce diſcours :

Je parle à l'ami de *Milord*; & j'oſe me flatter que le *Lord Mervill* eſt aſſez généreux, pour daigner être encore le mien. Il entendra, par conſéquent, avec bonté, ce que l'aſcendant qu'a pris ſur moi l'objet de la plus tendre paſſion, me permet peu de lui dire à lui-même.

Trop sûre, maintenant, de ne pouvoir compter à l'avenir (& pouvois-je le mériter ?) ſur un ſincere attachement de la part de *Milord*; je ſuis trop fiere, cependant, pour partager ſon cœur avec une autre. Je me plaindrois injuſtement de lui : je lui dois trop, & j'en fais gloire ; il m'a fait connoître l'amour, & c'est à l'amour seul que je dois le bonheur d'avoir gémi sur mes égaremens, & connu la vertu !... Mais, je la connois trop, cher *Lord*, pour que je puisse me flatter de rétablir ma réputation : le préjugé combat trop contre moi. Ce préjugé cruel, interdit pour jamais cet espoir à toute femme assez infortunée pour avoir perdu ce trésor avant que la raison lui ait permis d'en apprécier la valeur.

Daignez donc informer *Milord*, que je le quitte avec regret ; que c'est avec douleur que je le rends aux dissipations plus variées d'un monde, dont lui-même, avec le flambeau de l'amour, m'a découvert l'insipide frivolité. Ma perte doit peu le toucher, puisqu'il ne m'aime plus, & que peut-être il ne m'aima jamais. Pour moi, qui dans cet inſtant même où je le quitte, où je m'arrache à lui, ne l'aimai peut-être jamais plus ardemment; je ne vivrai, que pour le regretter, que pour ſentir tout ce que j'ai perdu, ſans l'imputer à d'autres qu'à moi-même. La ſeule grace que j'exige, & que j'attends de lui, c'eſt que, pour ſon repos, peut-être moins que pour le mien, il s'épargne de vains efforts pour déranger des diſpoſitions (qui m'ont coûté à prendre!) & dans leſquelles, cependant, je me ſens aſſez affermie, pour vous prier de lui annoncer de ma part, un éternel adieu.

Lady Wilmore, en achevant ces mots, ſe ſauva dans ſon cabinet, & tira la porte ſur elle.

Touché de cet événement, *Mervill* ſe hâta de me chercher. Mais je n'étois point en ville; une nouvelle intrigue m'occupoit, & m'avoit

voit conduit à *Windsor*. *Lady Wilmore* le savoit, & avoit profité de mon absence.

Quoique piqué de sa résolution, je crus d'abord pouvoir la mettre au rang de ces finesses vulgaires dont se servent souvent les femmes pour ranimer la tiédeur d'un amant, dans la peur d'en être quittées.

Mais, en réfléchissant sur la solidité de sentimens qu'avoit acquise *Miss Wilmore*, & dont j'étois très-convaincu, je commençai vraiment à craindre qu'elle n'eût exécuté son projet. Mais, je dois avouer que je fus moins sensible au malheur d'une femme que je ne pouvois m'empêcher d'estimer, qu'à la petite humiliation de voir qu'elle m'eût quitté la premiere. Un sentiment de reconnoissance & d'honneur, m'avoit fait desirer de la garder pour amie; & ma vanité me rendit alors assez barbare, pour me donner quelques regrets de n'avoir pas joui des siens, en prévenant le projet de sa fuite.... Et voilà ce que produit la fatuité, même dans les ames, d'ailleurs souvent très-nobles !

Dans la chaleur de ce premier mouvement, je priai *Mervill* de m'accompagner chez *Miss Wilmore*; où, je fus fort surpris d'apprendre, que dès cinq heures du matin, cette Dame, accompagnée uniquement de sa suivante, étoit partie en chaise de poste, & qu'on ignoroit absolument la route qu'elle avoit prise.

Je me sentis vivement indigné d'un procédé si cavalier, sur-tout de la part d'une femme, que je regardois à-peu-près du même œil qu'un Souverain regarde une Province subjuguée, qui prétend se soustraire à son obéissance.

Mais *Mervill*, très-convaincu du ſentiment ſecret qui m'animoit, me conſola ſi bien, qu'il parvint preſque avant la fin du jour, à me réconcilier avec moi-même. Il eſt vrai que ma vanité, qui ſeule au fond cauſoit tout mon chagrin, me ſuggéra bientôt que, loin de m'attriſter, j'avois plutôt à m'applaudir d'avoir eu le talent d'inſpirer une paſſion ſi reſpectable; & que je finis par trouver même aſſez plaiſant, d'être quitté par *Miſs Wilmore.*

Une lettre de ſa part m'apprit, quelques jours après, qu'elle alloit s'occuper, en France, à triompher d'une paſſion, dont les ſuites trop malheureuſes devoient bien moins m'être imputées, qu'aux égaremens d'une jeuneſſe dont elle auroit toujours trop à rougir. Qu'après avoir renoncé à toute eſpece de prétentions ſur mon cœur, elle me prioit ſeulement, de vouloir bien lui conſerver mon amitié; de daigner même y joindre mon eſtime, au cas, comme elle l'eſpéroit, qu'elle achevât de s'en rendre plus digne.

Il ne m'en coûta rien pour ratifier ce traité, par une réponſe, qui, ſans la flatter d'un nouvel engagement de ma part, contenoit tout ce qu'il falloit pour ſatisfaire à la fois ſon amour-propre & ma reconnoiſſance.

J'étois ſincere, en écrivant ainſi. *Lady Wilmore* m'en ſut gré. J'eus même le rare bonheur, de conſerver l'amie, après avoir perdu l'amante, & ne m'en eſtimai que d'autant plus.

La fin de l'amour, devroit toujours être le commencement de l'amitié entre deux cœurs qui ſe quittent de bonne foi, après s'être aimés de même; & cette amitié seroit d'autant plus tendre, qu'elle auroit pour bâse une confiance déja établie, & une convenance présumée. Mais les hommes ont l'injustice, ou la fatuité, de vouloir encore être aimés, quand ils cessent de plaire. Ils veulent faire, de l'amour, un contrat forcé pour les femmes; tandis qu'ils s'arrogent le droit de le rompre, ou de l'enfreindre à leur gré. Les femmes, de leur part, veulent jouer aux yeux d'un amant qu'elles cessent d'aimer, ou d'un public qu'elles craignent, la fidélité, la constance ou l'insensibilité, deviennent fausses, pour paroître vertueuses, & sacrifient l'honneur même à la réputation; sans songer, qu'en multipliant ces sacrifices, elles perdent bientôt l'un & l'autre. Et c'est ainsi, que les deux sexes égarés, par un amour-propre mal-entendu, ne ſavent jouir dans aucun temps ni des plaiſirs de l'amour, ni des douceurs de l'amitié; parce qu'ils ne ſavent ni ſe reſpecter, ni ſe connoître, ni ſe rendre juſtice.

En laiſſant donc ici *Lady Wilmore*, & probablement de meilleure grace que je ne l'avois priſe; il faut paſſer à l'engagement que j'avois commencé, lorſque l'ombrage qu'elle en prit la détermina ſi courageuſement à me quitter.

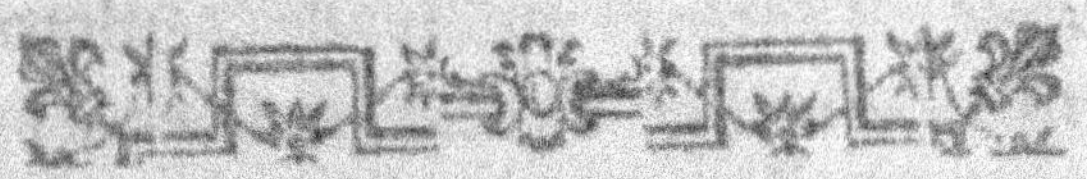

CHAPITRE V.

MISS AGNÈS.

Quatrieme aventure.

CETTE nouvelle connoiſſance, ainſi que l'autre, étoit purement due au hazard. J'avois laiſſé le *Lord Mervill* chez un Gentilhomme, à quelques milles de Londres, & je revenois ſeul, dans un carroſſe à ſix chevaux; lorſque mon cocher s'aviſa d'accrocher, de renverſer & de briſer une voiture qui nous précédoit. Aux cris de deux femmes qui, heureuſement, n'étoient point bleſſées; je courus à la fois pour m'excuſer, & pour leur offrir ma voiture, au défaut de la leur.

Les deux Dames y monterent,

avec d'autant moins de cérémonies, qu'elles étoient pressées d'arriver à Londres, & j'ordonnai à mon cocher de les mener directement chez elles.

On m'avoit déja nommé la plus âgée. C'étoit *Lady Vieux-bourg*, veuve pour la cinquieme fois. *Sir Thomas Vieux-bourg*, son dernier époux, étoit un jeune *Baronet* qui, pour tout patrimoine, avoit une jolie figure; & la Dame, (dont probablement la foiblesse étoit de se prendre un peu trop par les yeux) en épousant le jeune *Sir Thomas*, avoit fait sa fortune, & ruiné son tempérament.

Disons pourtant, pour l'honneur de la veuve, que cette fortune éclatante étoit devenue, entre les mains de l'intéressé *Sir Thomas*, le fatal instrument de sa perte prématurée. Qu'après avoir indécemment abandonné sa bienfaitrice, pour se livrer aveuglément à des excès de toute espece, il étoit mort avant trente ans, & déja décrépit.

Sa femme, ainsi quitte de lui, s'étoit bien promis de ne plus se fier aux jeunes gens. Son goût, pourtant, lui parloit toujours fortement en leur faveur... Et comment faire en pareil cas ? Comment s'exposer à les voir, sans risquer de s'y livrer trop ? . . . Voici le parti qu'elle prit.

Lady Vieux-bourg, en consultant de bonne foi son âge & son miroir, n'avoit pû se dissimuler la décadence de ses charmes, & qu'elle n'étoit plus ce qu'elle étoit trente ans auparavant. En pesant bien ses véritables intérêts, la Dame avoit senti qu'une compagne aimable & jeune, étoit le seul & sûr moyen de ramener encore chez elle & la jeunesse & les amours.

Son choix, en conséquence, étoit tombé sur *Miss Agnès*, jeune personne sans parens, ainsi que sans fortune, & d'une figure d'élite; objet, par conséquent, très-propre à remplir les vues de notre douairiere.

Avec son opulence & son esprit, la Dame avoit eu peu de peine à éblouir cette orpheline, & à se l'attacher par les liens les plus étroits. Ajoutons à ceci, que la pauvre enfant n'étoit au fond qu'un beau *Pantin*, dont la vieille *Lady* parvint bientôt à diriger les mouvemens conformément aux vues que lui dictoient ses intérêts, ou ses plaisirs.

Je ne pus, au premier coup d'œil, refuser à la jeune *Miss* le tribut d'admiration qu'exigeoit naturellement la beauté de sa figure. Rien de plus vif, de plus doux, de plus intéressant que ses regards, de plus élégant que sa taille, de plus noble que son visage. Tant de charmes enfin, composoient à mes yeux un systême d'*attraction* bien plus sensible, & plus facile à expliquer, que celui du grand *Newton* même !

Ce n'est pourtant pas qu'elle excitât en moi cette espece d'émotion, que *Lydia* seule avoit eu droit de m'inspirer. Mais je me sentois en proie à ces desirs impétueux, que l'on prend si souvent pour de l'amour, qui le deviennent même quelquefois, suivant les charmes, l'adresse, ou la résistance de l'objet qui les fait naitre.

Sans savoir le dessous des cartes, il me sembla pourtant que trop d'empressement pour la jeune, pourroit me nuire auprès de la vieille.

Dès-là, je tournai toutes mes batteries sur la douairiere, & j'apperçus bientôt que mon hommage, quoiqu'aussi subit que très-peu naturel, ne déplaisoit pourtant point à la Dame.

Ce qui favorisoit le plus mes vues, étoit cette confiance inspirée par la fatuité, confirmée par les succès, toujours augmentée dans un jeune étourdi vis-à-vis d'une beauté surannée, & toujours sûre de son effet avec une femme instruite par l'expérience.

Ce seul mérite a même très-souvent suffi pour subjuguer les plus séveres; & je connoissois trop mes avantages, pour en négliger aucun.

Nous arrivâmes, cependant, chez *Lady Vieux-bourg*; & j'étois déja si bien avec elle, qu'il ne me fut possible d'en sortir, qu'après avoir promis d'y retourner le lendemain: promesse que mes yeux confirmerent plus d'une fois à l'aimable *Agnès*, en lui marquant très-clairement, qu'elle seule en seroit l'objet. Il eſt vrai, que l'air équivoque, ou plutôt ſottement diſtrait, dont on reçut mon compliment, m'auroit peut-être fait renoncer dès cet inſtant à mes prétentions, ſi les charmes de ſa perſonne euſſent été moins ſéduiſans.

Le goût ſeul m'entraîna donc, le lendemain, chez *Lady Vieux-bourg*; où, à travers un cercle très-nombreux, je trouvai quelques *connoiſſances*, & ne tardai pas à m'appercevoir, non-ſeulement que j'étois attendu, mais qu'on avoit inſtruit la compagnie de l'accident qui m'avoit fait connoître *Milady*.

L'intérêt qui me conduiſoit là, me rendit encore aſſez clairvoyant pour appercevoir, que la plupart de ceux que j'y voyois, n'y étoient attirés que par leurs deſſeins particuliers ſur *Miſs Agnès*, ou par le plaiſir de la voir : découverte qui m'indiquoit en même temps les vues secrettes de la veuve, & les rivaux que j'aurois à combattre.

Rien, au surplus, ne pouvoit être plus décent que le ton de la maison. C'étoit une espece d'Académie, où la gaieté, la jeunesse, & les graces, avoient seules droit d'être admises, & dont *Lady Vieuxbourg* savoit discrettement tirer parti.

Quoique l'éclat supérieur dont y brilloit la belle *Agnès*, lui attirât, du moins secrettement, tous les vœux de l'assemblée; la vanité de sa protectrice étoit si fort subordonnée à des intérêts plus réels, qu'elle lui déféroit en tout, sembloit même applaudir aux hommages que l'on rendoit à sa pupille; & sa conduite, en ce point important, étoit si frappante & si neuve, tant d'art & de raffinement la soutenoient, qu'on ne pouvoit presque la soupçonner de fausseté, quoique tout ce jeu n'eût qu'un but, on ne peut moins honnête.

En ma qualité d'étranger, ou de candidat désigné par *Lady Vieux-bourg* pour la galante Académie, on me reçut avec distinction; tous les honneurs de l'assemblée me furent prodigués avec éclat.

Dans cette premiere audience, où je ne me considérois que comme un Ministre étranger qui, de ce jour même, acquiert uniquement le droit de procéder à ses affaires; je n'adressai rien de particulier à *Milady*, non plus qu'à *Miss Agnès*.

Cette derniere, aussi parée & décorée qu'un autel ultramontain pour un jour d'indulgence, à peine honoroit d'un regard les plus fervens de ses adorateurs; & lorsque, par hazard, la profusion de l'encens arrachoit d'elle un froid ſourire, un mot, ou quelque geſte favorable; on crioit, *au miracle!* Rien n'étoit, en un mot, ni plus beau, ni plus ſtupide qu'elle.

J'en étois confondu, ſans cependant ſentir éteindre mes deſirs. Un ſeul coup d'œil de *Miſs Agnès*, faiſoit oublier ſes défauts; & quelque ſotte qu'elle fût, j'enviſageois plus de plaiſirs dans l'eſpoir de la vaincre, & moins de peine enſuite à la quitter.

L'aſſortiment de ces idées ſuffit, je crois, pour définir le caractere de ma nouvelle paſſion.

Quant à la converſation de l'aſſemblée; quoique ſur le *bon ton*, elle m'ennuya fort, & m'ennuiroit bien plus encore à la décrire... Eh! quel eſt l'homme aſſez heureux, pour n'avoir jamais éprouvé ce qu'ont d'aſſommant ces propos ſi ſouvent rebattus où l'on ramene conſtamment les turpitudes du jour, les talens des acteurs, la comparaiſon des danſeurs, la critique des *Opéra*, des Comédies & des livres nouveaux, les ſatyres des ſots contre d'autres ſots qu'ils envient & tâchent d'imiter; tout ce plat bavardage enfin & ces lieux communs éternels, qui compoſent le fond des converſations modernes?

Pour moi, j'étois un fat déja trop brillant pour ne pas éblouir un ſexe, en même temps que j'allarmois, & paroiſſois offuſquer l'autre. Cet air de ſuffiſance, avec lequel je décidois ſans balancer ſur des ſujets qui m'étoient à peine connus; ce ton dont je tranchois ſur les talens, le mérite, ou la réputation de qui me tomboit ſous la main; cette inſolente complaiſance avec laquelle j'étalois ma perſonne

& mon ajuſtement ; ce tas d'abſurdités enfin, qui, préſentées aux yeux de la raiſon, n'euſſent offert en moi qu'un être auſſi ridicule que mépriſable, étoient pourtant les titres, ſur leſquels je fondois mes ſuccès. C'eſt par ce faux clinquant, par ce factice extérieur, que je charmai les femmes, confondis les hommes, & me vis le héros du jour.

Il eſt vrai, que *Lady Vieuxbourg* n'aida pas médiocrement à mon triomphe. Tous mes propos, à peine articulés, étoient ſaiſis & relevés par elle ; & les moins faits pour réuſſir, ornés d'un commentaire de ſa part, ou d'un ſourire approbateur, acqueroient tout le ſel ou tout le poids qui leur manquoit.

Cette *Agnès* même, que rien ne paroiſſoit toucher, eut preſque l'air de m'écouter ; & quelque peu d'intention que me peigniſſent ſes regards, je crus y démêler une eſpece de préférence de mon peu de ſens commun ſur celui du reſte de l'aſſemblée.

Je ſus tirer parti d'un tel début, & j'eus bientôt la ſatisfaction de voir mes rivaux diſperſés. Quelques-uns ſeulement, déſeſpérant de leur ſuccès auprès d'*Agnès*, furent aſſez piqués pour transférer leur tendre hommage à *Lady Vieux-bourg* elle-même. Et la prudente veuve étoit, ainſi que moi, trop habile à ſaiſir ſes avantages, pour concevoir quelques ſcrupules ſur la façon dont ils lui tomboient.

Ce fut alors, que mes aſſiduités chez *Milady*, firent quelque bruit dans le monde, & m'attirerent mon congé de la part de *Lady Wilmore*, qui ne daigna ſeulement pas s'expliquer avec moi sur ce sujet. Elle voyoit, propablement & *Miss Agnès* & sa parente, avec d'autres yeux que les miens.

Mervill, cependant, ayant rencontré *Miss Agnès*, au spectacle, ou au *Parc*, me parut si frappé de sa beauté, que je craignis qu'il n'en fût amoureux. Je connoissois tout son mérite; & les desirs que m'inspiroit la jeune *Miss* ressembloient assez à l'amour, pour être accompagnés d'un peu de jalousie. Ainsi, je me gardai de le mener chez *Milady*, & me déterminai plutôt à me passer de ses conseils, que de risquer de l'avoir pour rival. Il pénétra ma crainte, & l'excusa d'autant plus aisément, qu'il ne pouvoit qu'être flatté de mes motifs. Cette intrigue, d'ailleurs, ne pouvoit l'allarmer pour moi, puisqu'il savoit le secret de mon cœur, &

que *Lydia* seule avoit eu droit de le fixer. L'espoir d'une aimable conquête, & l'attrait du plaisir présent, pouvoient en imposer à ma raison. Mais on soumet moins aisément l'amour, & cela rassuroit *Mervill.*

Quant à ma tante, dont la foiblesse étoit toujours la même ; on lui faisoit très-mal la cour, en se plaignant de ma conduite, & mes amis ne s'y hazardoient guères.

Mes ridicules mêmes, par l'air d'audace & de dignité que j'y savois attacher, étoient en quelque sorte devenus respectables pour elle. Et c'est une espece de secret, plus avantageux qu'on ne pense, dont j'ai souvent usé avec succès, même avec le grand monde, & que je laisse libéralement à mes confreres en fatuité.

Mes assiduités cependant, & la

façon dont j'avois *pris* chez *Lady Vieux-bourg*, avoient amené mes affaires au point de précision que la bonne Dame attendoit, pour l'exécution de ses desseins.

J'avois été plus d'une fois surpris de l'excessive complaisance avec laquelle *Milady* sembloit favoriser mes vues secrettes, sur *Agnès*; & d'autant plus, qu'elle étoit sa parente, ou qu'on me le faisoit entendre. Il est vrai que *Miss* étoit sans biens, & dépendante en tous points de *Milady*. Mais un seul instant pouvoit faire oublier à *Miss Agnès* tous les motifs qui pouvoient la défendre contre moi... *Lady Vieux-bourg*, apparemment, la connoissoit trop bien, pour ne pas être sûre de cette pauvre enfant.

Quoi qu'il en soit, l'accès facile que j'avois dans la maison, & les occasions d'entretenir à chaque instant la jeune *Miss*, m'enivrerent bientôt & d'espérance & de desirs que rien ne pouvoit réprimer.

Je vis pourtant, avec étonnement, que j'aimois seul, & qu'il falloit qu'*Agnès* fût défendue contre mes pressantes attaques, non-seulement par les secrets documens de *Milady*, mais, (ce qui est bien plus invincible encore!) par cette froideur naturelle, qui ne doit qu'à ses effets, ou plutôt à l'opinion d'un sexe & à la politique de l'autre, l'honneur d'être appellée *Vertu*.

Place inaccessible par-tout, je cherchai vainement son côté foible. On me repoussoit froidement, sans presque daigner me combattre, & cependant, avec une vigueur qui m'étonnoit, & me déconcertoit également. Les mouvemens qui m'arrêtoient, ainsi que ceux d'un automate, ou d'une montre à répétition, frappoient précisément à certains temps, ou à certains attouchemens déterminés; rien ne hâtoit, ni n'en retardoit le ressort, & la cause en tous temps, produisoit toujours son effet. La vanité, l'honneur, ni la raison ne motivoient en aucun sens sa résistance; & le combat fini, *Miss* reprenoit, ou rappelloit un propos commencé, avec autant de calme & de sang froid que s'il ne s'étoit rien passé que dans la regle ordinaire des procédés.

Cependant, cet air d'indolence & cette extrême insensibilité, me provoquoient mille fois plus que le ressentiment le plus marqué. J'employois vainement tous les secrets, tous les ressorts de la galanterie..... Mes présens même, (& j'en offrois de séduisans) étoient à peine regardés. Quant à ma rhétorique,

torique, elle s'épuisoit sans succès; & j'eusse aussitôt réussi à forcer la *Venus* d'*Hamptoncourt* de s'élancer de son piédestal dans mes bras, qu'à émouvoir par mes raisonnemens cette aimable idiote : peut-être, au fonds, mieux défendue alors par sa seule stupidité, qu'une autre, en pareil cas, par cet excès de pénétration qui trahit souvent tant de belles assez vaines pour s'y fier !

Désespéré de l'inutilité de mes efforts, honteux de l'ascendant qu'avoient pris sur moi mes desirs, humilié de tenir trop encore à cet objet de culte & de mépris ; je perdis patience, & la raison, jointe à la vanité, combattit fortement ma passion ; mais sans pouvoir en triompher. Les charmes personnels de mon idole, avoient trop affecté mes sens. Mon imagination me les peignoit, me les exagéroit ſans ceſſe; & je ne pouvois, ſans douleur, envisager ſeulement le deſſein de renoncer à leur poſſeſſion!

Je tentai même un autre expédient. J'avois preſque perdu de vue ma petite maiſon. J'y retournai; je m'y plûs même, ou crus m'y plaire quelques jours. Mais le torrent, détourné pour quelques inſtans, en acquit plus de violence. On trompe rarement le cœur, à moins qu'on ne l'occupe; & l'imagination même, une fois fortement frappée, prend difficilement le change. C'eſt preſque toujours des deſirs ſatisfaits, qu'il faut attendre l'inconſtance.

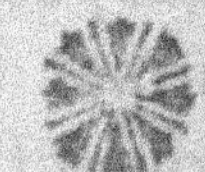

CHAPITRE VI.

*Suite de l'aventure d'*Agnès. *Souper avec* Lady Vieux-bourg.

LADY *Vieux-bourg*, qui n'avoit rien perdu des progrès de ma passion, me crut enfin assez bien enchaîné, pour n'avoir plus à craindre ma retraite.

Alors, sans que je pusse l'accuser, d'être moins favorable à mes desseins; sans que je pusse imaginer, qu'elle-même en eût de secrets sur moi, je m'apperçus, quoique insensiblement, que je trouvois plus rarement *Miss Agnès* seule. Elle étoit, presque chaque jour, engagée avec d'autres femmes, ou incommodée, ou sortie. Mais, chaque fois, la vraisemblance & les égards qu'on croyoit me devoir, étoient toujours si bien observés, que malgré mes soupçons, je ne trouvois pas jour à murmurer avec quelque apparence de justice.

Un manege si fin, & si sagement concerté, visoit au double but, d'irriter d'autant plus mes desirs, & de me disposer à adopter tous les expédiens qui pourroient me conduire à les satisfaire.

Tandis qu'on me jouoit ainsi, *Lady Vieux-bourg* se rencontroit toujours dans mon chemin, me consoloit, en accusant le peu de goût de sa pupille; & d'un air assez naturel, pour prévenir tous les soupçons que j'eusse pû former contr'elle-même : elle concevoit peu les procédés de cette fille!... & je l'honorois trop, en vérité!... Présumoit-elle me garder long-temps, avec cette impertinente conduite?...

Hélas! j'étois trop bon, sans doute; & je méritois d'être plaint....

Lady Vieux-bourg, après m'avoir ainsi calmé, reprenoit tout-à-coup, par forme de réflexion.... J'ai quelques droits sur elle, j'en conviens; elle est faite pour m'obéir.... Mais, on a peine à se résoudre à forcer, jusqu'à certain point, les inclinations!... *Miss*, a des mœurs, de la vertu. Je ne saurois qu'y applaudir.... Mais, on pourroit se relâcher un peu.... Le devoir même a ses limites.... Il est des cas (eh! qui ne l'éprouva jamais?) où certaines foiblesses, en faveur de certains objets, ont quelque droit de paroître excusables!.. & je ne saurois approuver *Miss Agnès*.

Par ce mélange adroit, de plaintes & de flatteries, *Lady Vieux-bourg* m'insinuoit, assez palpablement, quels étoient ses desseins. Et (pour peu que j'eusse été véritablement amoureux) que tant de maladresse, avec un procédé si bas, auroient eu droit de m'indigner! Mais, je n'avois que des desirs, & très-peu délicats : les moyens de les accomplir ne pouvoient me paroître ignobles. Il me suffisoit de savoir ce que pouvoit pour moi *Lady Vieux-bourg*, auprès d'*Agnès*, & d'entrevoir ses dispositions à servir mes desseins, pour m'engager à lui tout pardonner.

Charmé de cette découverte, & connoissant enfin qu'elle étoit la clef du trésor après lequel je soupirois ; il me restoit pourtant encore un embarras... Des services de cette espece (& je le sentois bien) ne sont point de nature à être ni gratuitement exigés, ni rendus.

Par quel moyen pourtant ? Par

quel appas assez puissant gagner *Lady Vieux-bourg*, & l'amener au point de me les rendre avec succès ? Sa fortune m'interdisoit l'espoir de la trouver intéressée : sans quoi, mon bonheur étoit sûr. Car je n'aimois point à languir, & je desirois ardemment... Sans compter que le vice est toujours plus libéral que la vertu.

Trop certain, cependant, de ne pouvoir rien espérer, sans *Milady* ; & prêt à tout sacrifier, pour réussir auprès d'*Agnès* ; je parvins enfin à sentir qu'il falloit me résoudre à feindre de l'amour pour la premiere. Car, plus je voyois cette conquête aisée, plus je me flattois, chemin faisant, de me procurer l'autre.

Ce bel expédient, je le répete, étoit tout aussi délicat que mes desirs. Je ne m'en applaudis pas moins, après l'avoir trouvé ; tandis que tout l'honneur n'en étoit dû qu'à *Milady*, qui dès long-temps m'attendoit là.

J'avois pourtant encore un autre but, en essayant cette nouvelle route. Je me flattois qu'un peu de jalousie pourroit peut-être ébranler *Miss Agnès*. Non pas de celle dont l'amour est susceptible, plus ou moins, lorsqu'il est véritable ; mais de ce sentiment vulgaire & général, qu'inspire l'amour-propre, qui fait envier à autrui ce que l'on dédaigneroit soi-même, & dont l'enfance & l'imbécillité sont même rarement exemptes.

Je portai donc, extérieurement, toutes mes attentions & mes galanteries vers *Lady Vieux-bourg*, en affectant pour *Miss Agnès* un air indifférent, que l'excès de sa soumission pour *Milady*, lui fit d'abord envisager avec une tranquillité qui me mortifia beaucoup.

Mes feux ne l'avoient point émue ; ma froideur la trouva de glace.

Je n'en poussai pas moins ma pointe auprès de l'autre ; qui, transportée de sa conquête, & pensant trop solidement pour *lanterner avec l'occasion*, crut devoir épargner à mes feux au moins la moitié du chemin.

La bonne Dame, cependant, pour mieux assurer son succès, fit au-delà du nécessaire, & passa trop rapidement de la gravité de son âge, à la folle gaieté du mien. Comme si l'âge se cachoit ! comme si l'air léger & semillant, les pompons, le fard, & tous les autres faux témoins de la toilette, en pouvoient imposer aux yeux !

Rien n'est plus clair dans la nature, & plus avoué que ce point. Les femmes cependant les moins jolies, & celles qui, malgré les ans, tiennent encore en ſecret au plaiſir, n'entendent pas raiſon ſur cet article.

Un bel habit, ſans doute, a ſouvent droit de fixer nos regards. Mais qu'en réſulte-t-il, ſi celle qui le porte, en un inſtant détruit l'eſpoir qu'avoit fait naître en nous tout cet éclatant étalage? On ſe tait, ou l'on rit de voir tant de richeſſe & d'ornemens ſi déplacés.

Rendons pourtant juſtice à *Milady*, qui naturellement penſoit aſſez, pour ne pas trop compter ſur le vernis de la toilette. Elle étoit même, à cet égard, un peu cauſtique; & je l'avois, avec étonnement, vû déſoler ſur ce ſujet plus d'une femme de ſa claſſe. Mais les paſſions ſont inconſéquentes, & l'amour, à cet âge, est une espece de démence.

Il est du moins certain, que tous les airs, les façons enfantines, & les petites graces que l'amoureuse veuve avoit sans doute pratiquées trente ans auparavant, furent de nouveau rappellées & prodiguées en ma faveur.

Son ridicule, jusques-là, ne m'avoit paru qu'amusant. Mais, quand la vanité de son triomphe en vint au point de l'enivrer, jusqu'à vouloir me traîner à sa suite au bal, au cours & dans tous les spectacles; il me parut qu'il étoit temps de songer à ma gloire, & d'abréger la comédie.

J'avois, durant cet intervalle, eu le plaisir de voir *Agnès*, malgré son caractere & son dévoûment absolu aux volontés de *Milady*, devenir par degrés moins insensible,

& ſe trahir aſſez, pour laiſſer échapper certains ſignes de ſentiment, que mon ardeur & mes efforts paſſés n'avoient pû parvenir à faire éclorre.

Trop attentif, pour ne pas ſuivre *Agnès* & la progreſſion de ſes idées; je découvris, à n'en pouvoir douter, les ſymptômes naiſſans d'un cœur jaloux. Ses petites impatiences, ſes mouvemens d'inquiétude, l'air mécontent dont elle regardoit mes ſoins pour *Milady*, & la façon dont on les recevoit; tout m'indiqua le changement de cette fille, & me confirma d'autant plus dans la pourſuite de mon plan.

Je concevois, fort aiſément, que ſi j'allois trop tôt me relâcher, & ſuivre mon penchant pour *Miſs Agnès*, il falloit me réſoudre à me paſſer de la protection de ſa patronne ; à trouver même en elle une ennemie. Tout m'avoit annoncé, trop clairement, ce que l'une attendoit de moi, si je voulois réussir avec l'autre. Et je sentis, avec regret, que *Milady*, malgré son ridicule amour, n'avoit probablement pas oublié les vrais motifs de ma conduite à son égard ; que les secours qu'elle pouvoit me rendre auprès d'*Agnès*, étoient les conditions sous-entendues de notre intelligence mutuelle ; & qu'elle-même enfin, après m'avoir suggéré cet espoir, m'avoit, à mots couverts, plus d'une fois pressé de l'adopter.

Le plaisir cherche la jeunesse, & la vieillesse le plaisir. Il est un âge, où il semble être convenu qu'on ne sauroit prétendre à rien, si l'on ne veut pas l'acheter. Ainsi, malheur à ceux qui, après avoir été jeunes, ont dédaigné de se pourvoir de certain fruit d'hiver aussi rare que précieux, nommé vulgairement *discrétion!* Qu'ils se préparent à payer cherement la peine de leur négligence.

Ce n'est pas que *Lady Vieuxbourg*, n'eût des mesures à garder. Une affaire avec moi, n'avoit pas l'air de devoir être permanente, & lui promettoit peu de compenser ce qu'auroit sans doute à souffrir sa réputation, parmi les femmes de sa cotterie. A son âge, sur-tout, pour peu qu'on tienne encore au monde, & qu'on aime le jeu, on est fâché de trouver sa maison déserte. Elle faisoit une très-sage différence, entre un soupçon qu'elle eût été fâchée que l'on n'eût pas, & la publicité d'un engagement qui l'eût privée à certain point des consolations de sa vieillesse. Et, pour dire le vrai, dès que le monde eſt aſſez indulgent pour n'exiger de nous que les dehors de la décence; il ſeroit, en effet, trop impudent de prétendre lui refuſer cette légere ſatisfaction.

Je ſentis donc, qu'autant pour hâter mon ſuccès auprès d'*Agnés*, que pour éviter un éclat qui pût décrier ſa patronne, il falloit me réſoudre à ſatisfaire *Milady*. Et je crus entrer dans ſes vues, en lui propoſant, d'un air auſſi ſimple que dégagé, un ſouper clandeſtin à ma petite maiſon. Elle ſe récria d'abord, ſur la légéreté de la propoſition; & l'accepta, l'inſtant après, uniquement pour ne pas me fâcher!... Il fut donc arrêté, que ſous prétexte de la conduire au concert de *Milord un tel*, je viendrois la prendre un *tel jour*. *Agnès* devoit être écartée, ou occupée ailleurs, & je chargeai la veuve de ce ſoin.

A mon égard, je vis venir ce jour, avec un ſang froid ſurprenant. Le deſir fait naître le plaiſir, & tout autre intérêt que celui du plaiſir même, ou le détruit, ou produit bientôt le dégoût.

Plus l'inſtant approchoit, plus je ſentois la ſolidité de ce principe. Eh! que n'euſſe-je point donné, pour m'acquitter de mon engagement par procureur? ... Mais cette idée étoit venue trop tard, & redoubloit encore mes regrets.

Ainſi donc, condamné par l'honneur, & par mon propre intérêt même, à faire face à mon cartel; après avoir terminé tranquillement deux ou trois parties de billard, qui, ſans que je m'en apperçuſſe, avoient anticipé ſur quelques-uns des précieux inſtans de l'heure entre nous convenue; j'arrivai chez *Lady Vieux-bourg*, avec une excuſe à la bouche, & moins que cela dans le cœur. Je ne fus pas aſſez heureux, pour qu'un contre-temps favorable eût dérangé les diſpoſitions de *Milady*; pas même aſſez, pour la trouver un peu ſcandaliſée d'avoir été dans le cas de m'attendre : car, pour me raſſurer, ſans doute, elle aima mieux ſe plaindre de ſa montre, & me remercier obligeamment d'être arrivé plutôt qu'elle ne m'attendoit.

Lady Vieux-bourg ſortoit, préciſément, de ſa toilette; & la façon dont je la trouvai miſe, eu égard à la circonſtance, étoit neuve pour moi. C'étoit un compoſé qui tenoit à la fois du déshabillé négligé, & de la plus grande parure. Aſſez modeſte cependant, pour ne ſe point diſſimuler ce que le temps avoit altéré de ſes attraits, elle n'avoit rien négligé pour en déguiſer le ravage. Mais l'art n'embellit point, il ne fait que corriger ou masquer les défauts de la nature. Nous sommes cependant assez cruels, pour en faire un reproche aux femmes! tandis, qu'au fond, tous leurs efforts n'ont d'autre objet que nos plaisirs communs. Cette réflexion retint à-peu-près certain sourire de ma part, que *Milady*, contente d'elle-même, eut la bonté de prendre pour un compliment. J'en rougis, pour elle & pour moi : car, je ne trouvois pas mon personnage infiniment supérieur au sien; & cet excès d'aveuglement, dans une femme de son âge, n'étoit guères plus ridicule que le rôle que je jouois moi-même. Mais les passions ne raisonnent pas plus dans les vieilles têtes, que dans les jeunes.

Je parvins cependant à prendre un air à-peu-près convenable au rôle où je m'étois si imprudemment dévoué. Et *Milady*, après m'avoir fait essuyer toutes les simagrées que je devois le moins attendre d'une veuve de cinq époux, me présenta la main, & se laissa nonchalamment conduire à mon carrosse.

Les femmes, naturellement, ne sont point nées pour des démarches qui les avilissent. C'étoit pour la premiere fois, (me disoit-on) & cette vérité m'importoit peu, qu'on avoit pû prendre sur soi de s'exposer ainsi. On se croyoit, par conséquent, tenue de me prouver son peu d'expérience. Aussi, l'on débuta par passer exactement en revue l'ameublement & les divers recoins de la maison; sans penser qu'on ne pouvoit remplir plus à mon gré les premiers instans d'un tête-à-tête, où les deux parties, par différens motifs, étoient également embarraſſées de leur figure.

On nous ſervit bientôt un *ambigu*, où les mets les plus fins, les vins les plus délicieux, où tout enfin ce qui pouvoit piquer le goût, & ranimer le plus morne appétit, ne fut pas épargné. Mes gens, formés à l'étiquette, & qui dans cette occaſion faiſoient un peu ſouffrir ma vanité, diſparurent alors. Je reſpirai plus librement; mais ce ne fut que pour tomber dans un autre embarras.

Tout jeune, & tout vigoureux que j'étois, je me ſentois trop vuide de deſirs, trop dénué d'imagination, pour n'avoir pas beſoin d'y ſuppléer par la chaleur que pouvoit m'inſpirer un bon ſouper.

Nous voilà donc à table, en vis-à-vis, avec toute l'aiſance préſumée de deux parties cenſées d'accord.

Je m'efforçai de me monter en conséquence, & d'égayer ma situation.... On en croira ce qu'on voudra ; mais ma conquête, par degrés, toute plaisante qu'elle étoit, me parut moins désagréable, & digne au moins de m'amuser.

Lady Vieux-bourg s'en apperçut ; elle en devint plus libre, & sa gaieté sembla la rajeunir : (car la gaieté rajeunit tout ! & n'est jamais de contrebande en pareil cas.) Il me sembloit enfin que je pourrois ne pas tarder long-temps à le prouver à *Milady*.... quand, tout-à-coup, son indiscrétion vint tout gâter, & flétrir ce fruit dans son germe.

Aurois-je pû l'imaginer ?... L'imprudente *Lady*, soit pour m'animer par l'espoir du retour, tacitement convenu ; soit qu'elle fondât trop sur le pouvoir qu'elle croyoit avoir acquis sur moi, s'émancipa jus-

jusqu'à me proposer une rasade de Champagne, à la santé de *Miss Agnès*!..... Ah Ciel! n'étoit-ce pas m'offrir un objet de comparaison, qui ne pouvoit que nuire à celle qui, si mal à propos, le présentoit?

Je ne pus, en effet, me rappeller les graces, la jeunesse & les charmes vainqueurs de l'une, sans détourner les yeux de dessus l'autre.

En vain la tendre *Milady*, qui s'apperçut de ce prompt changement, s'empressa-t-elle à réparer sa faute. Elle ajoutoit encore à mon dégoût; & je me vis prêt à geler auprès d'un si grand feu.

Ainsi, soit pour gagner le temps qu'il me falloit pour me remettre au point où j'étois auparavant, soit par malice pure & pour jouir de tout son embarras, *Lady Vieux-bourg* ne me vit plus le même; & j'en revins à cette espece de respect d'autant plus cruel pour la femme à qui l'amant peut en devoir encore un peu, que la décence en interdit la plainte.

Ainſi, je goûtai donc, quelques inſtans, le barbare plaiſir de contempler les divers mouvemens que la confuſion, l'eſpoir, la crainte, & ſans doute autre choſe encore, avoient fait naitre & peignoient tour-à-tour ſur le viſage de ma veuve.

Ce rôle étoit déſeſpérant pour *Milady*, mais le mien ne tarda pas à m'ennuyer. Son pouvoir ſur *Agnès*, & tout ce qu'on pourroit me reprocher, ſi ſa parente, en fin de cauſe, avoit à ſe plaindre de moi, me radoucit en ſa faveur.

Je revins donc à elle, avec l'air le plus vrai que je pus feindre. Et la nature, heureuſement, quoiqu'il fût ici queſtion d'un devoir à remplir, daigna n'être point ſourde à mes ſecrettes invocations.

Mes attaques, alors, eurent un air moins apprêté ; je parus même aſſez preſſant pour raſſurer *Lady Vieux-bourg* ſur un ſuccès qui, juſques-là, peut-être, avoit pû lui paroître douteux.

Quel artiſte l'eût peinte, en cet inſtant?... *Boucher* * ſeul, eût ſaiſi cet air tendre & voluptueux, que lui cauſoit l'approche du plaiſir; cet incarnat qui couvroit ſon viſage, & l'animoit aſſez pour obſcurcir celui qu'elle tenoit de l'art; ces yeux demi-fermés, mais petillans d'un feu que l'occaſion faiſoit naître, tantôt languiſſamment fixés ſur moi, tantôt ſemblant encore d'un air timide & défiant, conſulter ſon ſort dans les miens!

* Les Anglois, malgré la jalouſie nationale, rendent juſtice à tous nos grands artiſtes.

J'étois

J'étois jeune ; & je crois avoir dit, que l'amour étoit plutôt un besoin naturel en moi, qu'une débauche d'imagination. Je fus touché de l'état de la veuve. Et cette ſympatie d'organes, établie entre les deux ſexes, eut aſſez de pouvoir ſur moi, pour me faire oublier ce qu'étoit à mes yeux, l'inſtant auparavant, *Lady Vieux-bourg.*

Ce fut alors, que (pour uſer de ſes propres expreſſions) je lui parus tout-à-fait impudent ; & que, piqué de vanité, je fus aſſez vaillant, ou aſſez fou, pour parvenir à mériter plus d'une fois ce titre ; je ris méme encore à préſent, (tout humilié que je ſuis, au ſouvenir de mes erreurs !) en me retraçant le tableau de la reconnoiſſance, & de l'étonnement reſpectueux que j'inſpirai dans cet inſtant à *Milady.*

Elle vit enfin arriver l'inſtant où nous devions nous ſéparer, avec de ſi tendres regrets, avec un air ſi pénétré d'être forcée de s'arracher ſitôt à moi, que je n'oſai lui rappeller ce que j'étois en droit d'attendre d'elle, auprès de *Miſs Agnès.*

CHAPITRE VII.

*Suite & conclusion de l'aventure d'*AGNÈS.

J'EN étois, cependant, plus amoureux encore que jamais. Car, plus l'objet nous a coûté, plus il nous devient cher; & je venois de l'acheter à trop haut prix, pour ne pas desirer encore plus ardemment de le posséder au plutôt.

J'en convainquis le lendemain *Lady Vieux-bourg*, d'une façon qui vraisemblablement ne dut pas plus la flatter que lui plaire.

Un conquérant ne sauroit essuyer un refus.

Ainsi, *Lady Vieux-bourg* me représenta vainement, combien j'abuserois de ses bontés, si je voulois absolument exiger d'elle un si pénible & si disgracieux service ; & combien il seroit affreux, qu'elle conspirât avec moi contre une jeune créature, dont l'innocence étoit sous sa protection.

Ses remontrances, n'avoient qu'un seul défaut : celui d'avoir été faites trop tard. Dans toute autre bouche peut-être, elles eussent pû me toucher ; mais en partant de la vieille *Lady*, c'étoit un attentat plus insultant pour mon autorité, que convainquant pour ma raison.

J'étois depuis long-temps certain ; que dis-je ? j'avois vû, que l'accomplissement de mes desirs ne dépendoit uniquement que de *Lady Vieux-bourg*. J'étois parti de cette certitude, & je n'étois ni assez dupe, ni assez généreux, pour me contenter aisément de ce que je croyois n'être en effet qu'une défaite assez grossiere.

Ajoutons à ceci, qu'*Agnès*, dont la froideur étoit sensiblement diminuée, m'affermissoit encore dans le dessein de ne me point relâcher sur mes droits. Si la nature, en sa faveur, avoit prodigué tant d'attraits; l'aimable *Agnès*, loin de s'en prévaloir, paroissoit l'ignorer encore.

Envain un tas d'adorateurs s'étoit flatté de la rendre sensible : un seul grain de jalousie avoit eu droit de l'émouvoir. Ce sentiment, sur son ame endormie, avoit produit l'effet d'un réveil imprévû. L'instinct commun à tous les êtres qui respirent, en agissant sur une fille de son âge, lui avoit fait sentir mon injustice, & par conséquent avancé mes affaires auprès d'elle. Et cet instinct, (avouons-le, en passant,) que l'homme ingrat semble tant méprifer, le fert fouvent plus qu'il ne penfe, & même auprès de ces prodiges de vertu, qui femblent ne céder à nos tranfports, que fous le pavillon du fentiment.

Cet art vulgaire, & par-tout pratiqué, que poffede la plus novice, & qui femble être né avec les femmes; inconnu de *Mifs Agnès* feule, ajoutoit à fon mérite celui de la fimplicité de l'âge d'or.

A mon retour, vers elle, aux premieres expreffions d'un fentiment, que je jurois avoir toujours été le même; je la vis prête à me prouver, en volant dans mes bras, que je n'avois d'autres fervices à demander à *Milady*, que de ne point mettre obftacle à nos vœux.

Mais, cette révolution n'étoit pas plus échappée à *Lady Vieuxbourg*, qu'à moi-même; & peu fenfible à un événement qui l'acquittoit avec moi, ſans la commettre, elle en devint ſecrettement plus furieuſe, & crut pourtant devoir diſſimuler.

Elle avoit, il eſt vrai, plus d'un ſujet de m'en vouloir. Car, ſans compter l'air de froideur avec lequel je répondois à ſa tendreſſe; elle avoit eu, dans mes propos, & dans mes torts réitérés, de quoi ſe convaincre amplement de ma parfaite ingratitude.

Mais, j'étois naturellement trop fier, & trop impétueux, pour ſupporter la moindre réſiſtance où je croyois avoir acquis le droit d'être le maître. Il s'en falloit encore que j'euſſe appris, que quand la femme diſſimule, il faut ſavoir diſſimuler aſſez pour avoir l'air d'être ſa dupe; & que pour pénétrer ſes vues, il faut paroître s'y prêter.

Je ne vis, à la vérité, point

d'obstacles directs à l'accomplissement de mes desseins sur *Miss Agnès.* Mais ces obstacles, quoique détournés, n'en étoient que plus invincibles & plus désespérans. Je la voyois, quand je voulois; je lui parlois, de même; il ne nous manquoit plus, que de pouvoir enfin nous trouver seuls. Mais, je n'y pouvois parvenir; & j'en étois devenu furieux.

A tous ces contre-temps, qui sans avoir rien d'affecté, derangeoient, ou croisoient mes projets les mieux conçus; je ne pouvois, sans m'aveugler entiérement, méconnoitre le doigt d'une rivale.

Mon amour en redoubla pour *Agnès*, & ma haine pour *Milady.* Je poussai méme l'imprudence au point de m'oublier assez, pour parler nettement à la derniere, & pour la menacer de ne me plus revoir dans sa maison, au cas que ses engagemens, tacitement contractés avec moi, ne fussent pas bientôt remplis.

L'aigreur de mes expressions, la dureté du ton que j'avois pris, produisirent beaucoup plus d'effet que je n'en attendois.

Nous étions seuls, dans un cabinet écarté. *Lady Vieux-bourg* se trouva mal, & me fit craindre pour sa vie. Je la portai sur un lit de repos, & je me disposois à appeller ses gens; lorsque je m'apperçus que, *Lady Vieux-bourg* me tenoit une main, que je ne pouvois retirer, sans employer la violence. Je crus enfin, qu'elle alloit expirer; & cette idée me fit faire un effort assez grand pour me dégager, & aller sonner ses femmes. Mais ce n'étoit pas pour elles qu'elle s'étoit évanouie. Elle revint à elle-même, en ſoupirant ſe mit, ſur ſon ſéant; puis, avec des yeux égarés, avec une voix foible & ſanglotante, elle balbutioit ces mots : ... » Barbare Lord!... » Tu le veux donc?... Tu prétends » que je meure?... Il faut te ſatisfaire.... Et je l'ai mérité ſans » doute.... Mais, étoit-ce toi, qui » devoit m'en punir?... «

Ce monologue finiſſoit, lorſque ſes femmes arrivant, elle demanda ſon flacon, feignit un mal de tête affreux, & les congédia.

J'avois, je l'avouerai, réellement tremblé pour elle; & je n'eus rien de plus preſſé que de lui témoigner tous les regrets dont j'étois pénétré.

Je ſoutenois ſa tête; & *Milady*, ſenſible à l'attendriſſement que m'inſpiroit ſa ſituation, m'en marquoit ſa reconnoiſſance, & me ſerroit languiſſamment les mains....

Parlant peu, ſoupirant beaucoup, fixant ſur moi des yeux que la douleur & l'amour même, en cet inſtant, rendoient intéreſſans; elle acheva (le dirai-je, lecteur !) elle acheva d'exciter plus que ma pitié.... J'expiai donc, ſans m'en être douté, mon injuſtice; & même aſſez pour être convaincu, par le diſcours que me tint *Milady*, qu'elle ceſſoit d'en conſerver aucun reſſentiment. J'ai vû (me diſoit-elle) & je connois votre bon cœur! L'amour ne dépend point de nous. Je vous aimois; vous aimez *Miſs Agnès*; & je ſens trop, que ce qui vient de ſe paſſer, n'eſt que l'effet momentané d'une pitié, que vous pourriez peut-être regretter, ſi vous étiez moins généreux. Je me rends donc juſtice, mon cher *Lord*; & pour ne point vous perdre entiérement, je me ſoumets au plus grand des supplices, en consentant enfin, de bonne foi, à vous servir auprès de *Miss Agnès*. Heureuse encore, si je puis trouver en vous un cœur assez reconnoissant, pour conserver le souvenir de tout ce que je fais pour lui !

Plus content d'elle, que de moi, je pris congé de *Milady*, bien convaincu de sa sincérité, & sûr au moins de n'avoir plus, à l'avenir, à la combattre auprès d'*Agnès*.

L'évanouissement, pourtant, vû la façon dont il avoit été guéri, ne s'offroit plus à mon esprit dans un jour si tragique, & me laissoit quelque ombre de soupçon. Si l'amour-propre m'eût permis de consulter *Mervill*, il m'eût sans doute éclairé sur ce point; & m'eût appris que l'art bien ménagé, peut quelquefois en imposer à la nature & parvenir à la tromper au point de la forcer à réaliser des effets dont le principe est souvent fondé sur la fausseté même. Mais, j'étois destiné, sans doute, à n'être instruit qu'à mes dépens.

J'eus pourtant lieu, plus que jamais, de m'applaudir de mes progrès auprès d'*Agnès. Lady Vieuxbourg* sembloit se plaire à les favoriser, & je touchois à l'heureux jour où tous mes vœux alloient être comblés.

La veille même de ce jour; j'avois averti *Milady*, qu'étant engagé par ma tante à la mener le lendemain à l'*Opéra*, je comptois, au retour, venir souper avec *Agnès*, & que je me flattois, de n'y trouver aucun *fâcheux*.

Mais quel fut mon étonnement, lorsqu'arrivant chez elle, avec tous les desirs qu'une si longue attente avoit si bien eû droit d'enflammer, je ne trouvai que la vieille *Lady !*

Aux termes où nous en étions, je crus pouvoir me plaindre, & ne pas déguiser ce que me faisoit entrevoir un pareil procédé.

Lady Vieux-bourg, quand j'eus fini, me dit qu'*Agnès* étoit incommodée; & que si j'en doutois, j'étois maître de m'en convaincre, au risque de la réveiller, en montant, à l'instant même, à son appartement.

Cette excuse étoit sans replique. Elle me désarma. Le souper, qui suivit, fut assez triste, & l'on pressent qu'il ne put être long.

A l'instant même où je me disposois à fuir, en méditant une mauvaise excuse; une femme de *Milady* vint tirer à part sa maîtresse, & lui parla long-temps, d'un air émû.

Elles étoient dans un coin de

la chambre ; & j'entendois, de temps en temps, quand la voix s'élevoit un peu.... Quelle bassesse d'ame!... Hélas, je m'en étois doutée ; & je n'osois pourtant le croire!... Faut-il donc, que mon devoir me force de vous apprendre ce malheur !

Ç'en étoit plus qu'il n'en falloit pour m'allarmer, & pour presser *Lady Vieux-bourg* de m'éclaircir au plutôt ce mystere.

Ciel ! qu'exigez-vous ? (s'écria-t-elle, en soupirant) faut-il encore me voir forcée de dévoiler ma honte, & l'opprobre de ma maison ?... Vous le voulez pourtant, *Milord* ? ... Eh bien, votre *Agnès* est perdue !... *Agnès* est à jamais déshonorée !...

A ma rougeur, à l'indignation, qui de mon cœur passa sans doute dans mes yeux ; *Milady* présumant que je la ſoupçonnois encore de quelque coupable artifice :

Je vous entends, cruel! (s'écria-t-elle) l'horreur de vos idées eſt trop bien peinte dans vos regards.... Ce dernier trait, manquoit à mon malheur : je perds *Agnès*, & je perds votre eſtime!... Ah, Dieu! que n'eſt-elle innocente?... Ou que ne puis-je encore douter du crime dont *Betty* l'accuſe?... Mais, cette fille oſe en offrir la preuve la plus claire. Oui, mon cher *Lord!* elle ſoutient, elle oſe affirmer, ſur ſa tête, que *Miſs Agnès*, en cet inſtant, eſt dans les bras d'un homme!... Et de quel homme, encore? D'un malheureux, que j'euſſe refuſé pour mon laquais!... Mais, je me flatte encore (dit en ſe levant, *Milady*) que *Betty* peut s'être trompée; & je n'en croirai, que mes yeux. *Bet-*

ty, va revenir ; & l'insolente périra, pour peu que son rapport soit faux.

Qu'on se figure mon état, pendant cet horrible discours ! Les mouvemens tumultueux qui m'agitoient, m'ôtoient la faculté d'articuler aucun propos suivi.

Quand la suivante reparut.... Malheureuse ! (lui dis-je, en courant chercher mon épée) hâte-toi de prouver les horreurs que je viens d'entendre ; ou tu vas mourir, de ma main....

Lady Vieux-bourg, épouvantée, en se précipitant entre elle & moi, me supplia de calmer ce transport.... Que son rapport soit faux, ou vrai, (s'écria-t'elle) au moins, daignez, par un indigne éclat, ne pas rendre public le déshonneur de ma maison !

Tandis que sa maîtresse me parloit, *Betty* s'étoit ſauvée, & j'étois retombé dans mon fauteuil, en proie à tous les ſentimens que m'inſpiroient la ſurpriſe & la fureur.

Lady Vieux-bourg, auſſi touchée qu'effrayée de mon état; après un moment de ſilence, qu'interrompoient ſeulement ſes ſanglots.... Je vois (dit-elle) ingrat; je lis dans votre injuſte cœur! Vous me ſoupçonnez d'impoſture; & ce ſoupçon affreux ſuffit pour me réſoudre à conſentir que ce honteux événement ſoit éclairci. Je n'y ſurvivrai point, ſans doute! Mais, peu m'importe; & vous m'êtes encore trop cher, pour que je puiſſe plus long-temps me voir ſuſpecte à l'objet de toute ma tendreſſe.... Accordez-moi ſeulement une grace! (pourſuivit-elle, en tombant à mes pieds.) Si, comme le prétend *Betty*, le crime de ma niece eſt en effet réel ; si vos yeux en sont les témoins ; promettez-moi, jurez-moi, dis-je, par l'honneur, qu'il vous suffira de le voir, sans m'exposer, par vos emportemens, à faire éclater au dehors son opprobre & ma honte ?.. Dès son enfance, élevée sous mes yeux, je suis comptable à ses parens de sa conduite... Ah ! daignez me sauver les reproches injurieux dont je risque d'être accablée !

L'offre, que me faisoit *Lady Vieux-bourg*, me touchoit trop pour être refusée. Je gémissois, pourtant, de me voir au moment d'être convaincu de l'infamie de *Miss Agnès* ; je frémissois, de perdre en un instant tous les plaisirs que je m'étois promis !

J'étois encore irrésolu, lorsque *Betty*, de l'extrémité de l'appartement, fit signe à sa maitresse, qu'elle avoit à lui parler.... Non ! (répondit impétueusement *Lady Vieux-bourg*) *Milord* n'est point de trop ici. Justifiez-vous à ses yeux ; ne cachez rien ; ne craignez rien : parlez.

Alors *Betty*, d'un air aussi tremblant qu'ingénu, nous dit, (sans oser s'approcher) qu'elle avoit depuis long-temps soupçonné *Miss*, d'une secrette intelligence avec un jeune paysan, qui, le printemps dernier, l'amusoit fort à la campagne. Que, depuis peu de jours, ce jeune homme étoit en ville, & qu'il étoit maintenant enfermé dans la chambre de *Miss Agnès*.... Car je l'ai vû ; oui, je l'ai vû ! (s'écria-t-elle, en soupirant) il est dans son appartement : Que dis-je ? Ils sont probablement au lit ; car, dès long-temps, leur lumiere est éteinte ; & vous pouvez, ainsi que moi, vous en convaincre.

La rage & le regret d'avoir perdu si sottement mon temps, mes peines & mes soins, pour un si méprisable objet; tout me déchiroit à la fois, & me livroit au plus cruel supplice.

A travers tant de passions, la curiosité fut pourtant enfin la plus forte; & je courois pour m'aller assurer de mon malheur; quand *Milady*, pâle d'effroi, me supplia, presqu'à genoux, d'avoir égard à sa priere, & de daigner respecter sa maison.

Je le promis, sans balancer; je lui jurai que je serois tranquille, & ne ferois aucun éclat.

Promesse, qu'en effet je me sentois capable de tenir, en partant du mépris que je sentois déja pour *Miss Agnès*.

Il étoit deux heures après minuit. Un flambeau à la main, & munie d'un passe-par-tout, *Betty* précédoit, & guidoit notre silentieuse marche; tandis que *Milady*, languissamment suspendue à mon bras, sembloit à chaque pas me menacer de succomber au poids de sa douleur.

Après avoir lentement traversé tout l'hôtel, nous parvînmes enfin à l'appartement d'*Agnès*.

Lady Vieux-bourg me fit alors appercevoir, sur un fauteuil, auprès du lit, (car la fureur m'avoit presque aveuglé!) l'habillement & le chapeau d'un homme.

A cet aspect, oubliant mes sermens, j'arrache le flambeau des mains de la suivante, & m'approche du lit.

Mais, ciel! quel spectacle pour moi? . . . *Agnès*, l'aimable *Agnès*, qui jusques-là ne s'étoit offerte à mes yeux que sous les traits de l'innocence même.... *Agnès*, plongée dans un profond ſommeil, étoit, comme on me l'avoit dit, & preſque nue, entre les bras d'un jeune payſan!

Dieu! que n'euſſé-je point donné (car on s'étoit auparavant ſaiſi de mon épée) pour pouvoir, ſans trop m'avilir, punir ce malheureux des maux qu'il me cauſoit ſans le ſavoir?

Lady Vieux-bourg, attentive à mes mouvemens, fit éclater ſon épouvante, en me rappellant ma promeſſe; & en s'emparant de nouveau de mon bras, m'entraîna hors de la chambre.

Dès que nous fûmes revenus dans celle où nous avions ſoupé; la Dame, après avoir gémi ſur ſon malheur, voulut me faire convenir que nous avions agi comme il falloit dans une auſſi fatale circonſtance. Elle obſerva, qu'en pareil cas, il n'eſt point de milieu entre la façon dont nous nous étions comportés, & les extrémités les plus cruelles. *Agnès* les méritoit, ſans doute, (ajouta-t-elle) mais vous avez reſpecté ſa parente, vous avez daigné m'immoler le reſſentiment le plus juſte.... & plût au Ciel, que je puſſe, à mon gré, vous témoigner combien mon cœur en eſt reconnoiſſant!

Tout ceci m'intéreſſoit peu. L'affreux tableau que je venois de voir, après m'être un peu recueilli, loin d'augmenter mon indignation, l'avoit parfaitement calmée. La révolution, qui s'étoit faite dans mes idées, paroiſſoit même ſi complette, & le mépris avoit ſi bien éteint mes feux, que, ſans un reſte de dépit, j'aurois volontiers ri de l'aventure.

Quant à *Lady Vieux-bourg*, qui,

qui, pour me retenir encore, s'avisa de me consulter sur la façon dont il lui convenoit d'agir avec *Agnès*. Je suis, lui dis-je, (en la quittant d'un air glacé) très-peu versé dans les matieres de ce genre, & m'en rapporte à votre expérience. Il me suffit de savoir à-peu-près ce que je dois faire; & vous pouvez du moins compter, pour notre intérêt mutuel, sur un silence inviolable de ma part.

Elle me fit savoir, le lendemain, par un billet, que pour nous venger tous les deux, elle avoit fait partir *Agnès*, pour aller expier sa faute au fond des montagnes de *Galles*; & me prioit, en même temps, de ne point l'abandonner elle-même à toute la douleur que lui causoit ce déplorable événement.

Je ne pus le gagner sur moi.

L'arrêt, contr'elle, étoit prononcé dans mon cœur ; & j'appris, six mois après, avec plaisir, à quel point j'avois ici raison.

Lady Vieux-bourg, en mariant *Agnès* avec un Gentilhomme de Province, avoit pensé, qu'en la dotant très-richement, il falloit encore se résoudre à la justifier dans mon esprit. Elle me manda donc, que tout ce que j'avois crû voir d'*Agnès*, & de son prétendu galant, n'étoit qu'une supercherie, qu'un complot concerté entre elle & sa suivante, pour perdre entiéremant dans mon esprit cette innocente créature. Que l'amant, qu'elle avoit dans son lit, étoit une robuste paysanne, élevée avec *Miss Agnès*, & qui venoit, de temps en temps, la voir. Qu'un puissant somnifére, avoit causé & fortifié leur sommeil. Que le reste enfin, étoit tout ſimple ; & que le ſuccès n'avoit que trop prouvé, qu'une intrigue ſi bien conduite, & ſur-tout avec un novice auſſi peu clair-voyant que moi, n'avoit pû que bien réuſſir.

Lady Vieux-bourg, en confiant un tel ſecret à ma diſcrétion, me ſupplioit par l'honneur même, & par l'amour qu'elle avoit eu pour moi, (cauſe unique de ſon for-fait !) de vouloir bien ne pas en abuſer. C'étoit me prendre par mon foible, & *Milady* le ſavoit bien. Libre de paſſion, j'étois trop juſte, & j'oſe ici m'en applaudir, trop généreux, pour me venger de quelque femme que ce fût, en tra-hiſſant jamais ſa confiance.

Fin de la ſeconde Partie.

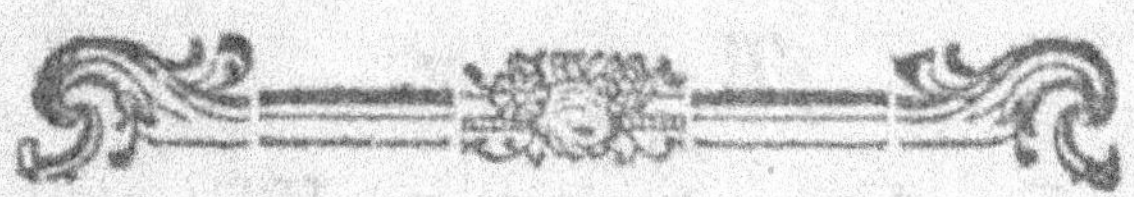

TABLE
DES CHAPITRES
Contenus dans la ſeconde Partie.

CHAPITRE PREMIER.

CHAPITRE II.

MISS WILMORE.

CHAPITRE III.

CHAPITRE IV.

CHAPITRE V.

CHAPITRE VI.

CHAPITRE VII.

Fin de la Table.

www.ingramcontent.com/pod-product-compliance
Lightning Source LLC
LaVergne TN
LVHW020318230826
846091LV00003B/723

* 9 7 8 2 3 2 9 2 3 3 1 7 8 *